CHANSONS

ET

POÉSIES DIVERSES.

Toureaty del et sculp.

Pour si peu, s'voir si mal traitée !...
?L'beau chien d'plaisir !.
Et n'la v'là t'y pas ben plantée
Pour raverdir !....

CHANSONS

ET

POÉSIES DIVERSES

DE M. A. DÉSAUGIERS,

Convive du Caveau moderne ;

TOME PREMIER,

DÉDIÉ A M. LAUJON,

Membre de l'Académie française et Président du Caveau.

TROISIÈME ÉDITION.

Sans chanter peut-on vivre un jour ?
MÉLOMANIE.

A PARIS,

Chez
POULET, imp.-lib., quai des Augustins, n. 9.
BECHET, libraire, même quai, n°. 63 ;
GERMAIN-MATHIOT, lib., même quai, n. 25.
DELAUNAY, lib. Palais-Royal.

1813.

ÉPITRE DÉDICATOIRE

A M. LAUJON,

Membre de l'Académie française, et Président
du Caveau Moderne.

FAVORI de Momus, doyen des Troubadours,
Toi qui chántas si bien le vin et les amours,
Poëte aimé des dieux, peintre de la nature,
Vois d'un œil indulgent ces vers nés sans culture,
Et prête à leur faiblesse un généreux secours.
Qu'un autre, dans l'espoir d'un glorieux salaire,
Jusques au pied du trône apporte ses essais :
J'abandonne au génie un si brillant succès ;
Mais la Chanson ne veut pour appui que son père.

Laujon, comble l'espoir qui flatte mon orgueil ;
Daigne accueillir ces fruits d'une timide veine.
Eh! comment, appuyés d'un semblable Mécène,
Mes vers n'auraient-ils pas un favorable accueil?
Interprète galant des Muses et des Grâces,
Tu parus ; la Chanson prit un nouvel essor :
Tu célébras l'Amour ; il vola sur tes traces :
Tu chantas le Plaisir ; il te couronne encor.
Digne héritier du luth de l'amoureux Tibulle,
Tu marches son égal sur le sacré vallon ;
Et du joyeux Panard inimitable émule,
Lorsque le Tems hâtait sa dernière saison,
Pour le rendre à nos vœux, un ordre d'Apollon
Maria ton aurore avec son crépuscule.

PRÉFACE.

—La plaisante chose qu'une préface
à la tête d'un Recueil de Chansons!
Que ferait-on de plus pour fixer l'atten-
tion publique sur un ouvrage consacré
à polir l'esprit, former le cœur ou
agrandir l'âme? Il me semble traverser un immense péristyle pour arriver
à la chétive cabane d'un berger. Ne
vaudrait-il pas cent fois mieux promettre peu et tenir beaucoup? —
D'accord, messieurs de la critique;

mais si je veux plus promettre que
tenir !... Que diable ! chacun a sa manière d'attraper son monde : j'ai re-
marqué que la modestie est un mauvais
moyen de réussir ; dites que vous ne
valez rien , le public va vous prendre
au mot ; et désirant que mes chansons
se répandissent , j'ai eu la faiblesse de
croire que j'amorcerais plus facilement
les amateurs en leur donnant une bonne idée de mon Recueil, qu'en les pré-
venant sur ses défauts. — Mais comment osez-vous vous hasarder encore
dans un champ où les Panard , les
Collé , les Piron et tant d'autres ont
moissonné avant vous ? — Eh ! messieurs, comment a-t-on osé prendre
la plume après Racine et Molière , le
pinceau après Raphaël et Michel Ange , le ciseau après Phidias et Praxi-

tête, etc., etc., etc. ? D'ailleurs, quel
est mon but en publiant ces bagatelles ?
De distraire un moment par quelques
images riantes l'esprit toujours préoc-
cupé de l'homme en place, de réveiller
par de piquans souvenirs l'imagination
appesantie du vieillard, et d'exciter
enfin par la gaieté de mes tableaux le
cœur d'un sexe charmant à cet abandon délicieux qui embellit la laideur
même, et divinise la beauté. Accourez donc, ô mes vers, enfans vaga-
bonds d'une muse badine ; réunissez-
vous tous à la voix d'un père qui vous
chérit, et qui veut aujourd'hui d'un
seul coup d'œil embrasser toute sa famille. Par une bizarrerie assez com-
mune en poésie, les aînés de mes fils
sont les plus faibles ; hé bien ! que les
derniers venus leur prêtent un appui

fraternel, et soutenus ainsi l'un par l'autre, lancez-vous joyeusement dans le monde. Et toi, ô Gaieté, toi qui nous offres un port assuré contre tous les orages de la vie, ne refuse pas aux enfans le secours protecteur que tu daignas accorder au père dans des circonstances dont le souvenir, quoique pénible, a des charmes pour moi par le tribut de reconnaissance qu'il m'impose! — Peste! voilà une apostrophe bien sentimentale, et que nous n'attendions guère à la tête d'un pareil ouvrage. — Soit, messieurs; mais permettez-moi de payer à la Gaieté, ma généreuse libératrice, un hommage que l'ingratitude la plus noire pourrait seule lui refuser; daignez m'entendre, et vous en allez juger. C'est elle qui, me tendant une main secourable sous un autre hémisphère, adoucit pour moi les périls et les horreurs d'une guerre dont l'histoire n'offrira jamais d'exemple (1); c'est elle qui me consola dans les fers où me retenait la férocité d'une caste sauvage ; c'est elle enfin qui, m'environnant de tous les prestiges de l'illusion, me fit envisager d'un œil calme le moment où, pris les armes à la main par ces cannibales, condamné par un conseil de guerre, agenouillé devant mes juges, les yeux couverts d'un bandeau qui semblait me présager la nuit où j'allais descendre, j'attendais le coup fatal..... auquel j'échappai par miracle, ou plutôt par la protection

---

(1) L'auteur a été témoin de l'insurrection générale des nègres à Saint-Domingue . et victime , à l'existence près, de tous les désastres qui en ont été la suite.

d'un Dieu qui n'a cessé de veiller sur moi pendant le cours de cette horrible guerre. Une maladie cruelle fit bientôt renaître pour moi de nouveaux dangers : ce n'était pas assez d'avoir été condamné par mes juges ; je le fus par les médecins. J'allais périr..... quand la Gaieté, mon inséparable compagne, soulevant d'une main le voile de l'avenir, me montra de l'autre le beau ciel de ma patrie, où le bonheur semblait m'appeler ; Momus me souriait au bruit des grelots ; Bacchus agitait à mes yeux le myrte et le pampre ; un jeune enfant semblait m'inviter à me joindre à lui par son regard malin et les pas légers qu'il formait au son d'une flûte et d'un tambourin ; Thalie elle-même me présentait son masque riant.. Je n'y résistai pas ; plus enivré du bien

à venir qu'affecté du mal présent, j'op-
posai l'arme de l'espérance aux traits
aigus de la douleur, les transports
d'une joie anticipée au délire d'une
fièvre brûlante, et, confiant mes des-
tinées à Neptune, je voguai vers la
France, que commençait à éclairer un
plus bel horizon; et la Gaieté, devan-
çant notre vol rapide, me conduisit
enfin à ce port tant désiré, où une
nouvelle existence me fit bientôt oublier cinq ans de périls et de malheurs.

Voilà, messieurs, voilà les titres
de cet ange tutélaire à ma reconnaissance; et dites s'il peut jamais avoir
un ami plus constant, un apôtre plus
dévoué que l'homme qui lui doit le
bonheur et la vie ! Mais c'était peu
d'avoir oublié mes anciens revers;
inspiré par ma fidèle consolatrice, je

voulus chanter mes nouveaux plaisirs:
la Chanson, séduisante fille de la
Gaieté, vint conduire ma plume ; mille
sujets sourirent à mon imagination ; les
rimes s'arrangèrent bien ou mal sous
mes doigts ; elles finirent par former
ce volume, aussi léger par la forme
que par le fond : l'offrir au public, c'est
m'exposer, sans doute ; mais...

Si j'eus la double maladresse
D'écrire ce Recueil et de le publier,
    Un mot va me justifier :
« Quel homme est sans défaut, quel auteur
    sans faiblesse ? »
L'arrêt qu'on va lancer ne me fait point frémir;
    Et quand déjà la critique s'éveille,
    Ma vanité, loin d'en gémir,
    Vient tout bas me dire à l'oreille :
Il vaut mieux l'éveiller encor que l'endormir.

CHANSONS
ET
POÉSIES DIVERSES.

~~~~~~

TABLEAU DU JOUR DE L'AN.

Air : V'là c' que c'est qu' d'aller au bois.

Depuis que pour nous le jour luit,
Un an succède à l'an qui fuit ;
Traçons d'une époque aussi belle,
　　Aussi solennelle,
　　L'image fidèle,
Et qu'on s'écrie en la voyant :
　V'là c' que c'est que l' Jour de l'An.

Le soleil à peine a brillé,
Que tout Paris est réveillé :
A chaque étage on carillonne,
　　On reçoit, on donne,
　　On sort, on raisonne ;
Chacun va, vient, monte et descend :
　V'là c' que c'est que l' Jour de l'An.

Au lever de ce jour chéri
Lolotte, qui n'a pas dormi,
Accourt recevoir la première
Six francs de son père,
Un dé de sa mère,
Un psautier de sa grand'maman.
V'là c' que c'est que l' Jour de l'An.

A sa Chloris de grand matin
Le banquier apporte un écrin;
Moins riche, mais aussi fidèle,
Pour faire à sa belle
Un don digne d'elle,
L'employé met sa montre en plan.
V'là c' que c'est que l' Jour de l'An.

Nous allons voir certains amis
Quand nous savons qu'ils sont sortis;
Chez le concierge on se présente.
— Madame est absente. —
Nouvelle accablante!
On s'inscrit; on s'en va content.
V'là c'que c'est que l' Jour de l'An.

Parens brouillés , gens refroidis
Semblent redevenir amis:
Pour quelques livres mesurées
 D'amandes sucrées,
 Quelquefois plâtrées ,
On plâtre un raccommodement.
 V'là c' que c'est que l' Jour de l'An.

Voyez-vous cet homme de bien
Marchandant tout, n'achetant rien ;
Il tourne , il retourne , il approche ,
 Flaire chaque poche ,
 Accroche ou décroche ,
Puis va plus loin en faire autant.
 V'là c' que c'est que l' Jour de l'An.

Chaque neveu vient visiter
L'oncle dont il doit hériter ;
Tous voudraient qu'il vécût sans cesse;
 Mais , sur sa richesse
 Réglant leur tendresse,
Ils l'étouffent... en l'embrassant.
 V'là c' que c'est que l' Jour de l'An.
 *

Le tendre amant, fort peu jaloux
De se ruiner en bijoux,
Dès Noël néglige sa belle,
 Lui cherche querelle
 Pour s'éloigner d'elle ;
En février il la reprend.
 V'là c' que c'est que l' Jour de l'An.

Bref, après force complimens,
Force souhaits, force présens,
Chacun regagne sa demeure,
 Puis au bout d'une heure
 Fort souvent on pleure
Ses vœux, ses pas et son argent.
 V'là c' que c'est que l'Jour de l'An.

CHANSON A MANGER.

AIR : Aussitôt que la lumière.

AUSSITÔT que la lumière
Vient éclairer mon chevet,
Je commence ma carrière
Par visiter mon buffet ;
A chaque mets que je touche
Je me crois l'égal des dieux,
Et ceux qu'épargne ma bouche
Sont dévorés par mes yeux.

Boire est un plaisir trop fade
Pour l'ami de la gaîté :
On boit lorsqu'on est malade ;
On mange en bonne santé.
Quand mon délire m'entraîne,
Je me peins la Volupté
Assise, la bouche pleine,
Sur les débris d'un pâté.

A quatre heures lorsque j'entre
Chez le traiteur du quartier,
Je veux que toujours mon ventre
Se présente le premier.
Un jour les mets qu'on m'apporte
Sauront si bien l'arrondir,
Qu'à moins d'élargir la porte,
Je ne pourrai plus sortir.

Un cuisinier, quand je dîne,
Me semble un être divin
Qui, du fond de sa cuisine,
Gouverne le genre humain :
Qu'ici bas on le contemple
Comme un ministre du ciel,
Car sa cuisine est un temple
Dont les fourneaux sont l'autel !

Mais, sans plus de commentaires,
Amis, ne savons-nous pas
Que les noces de nos pères
Finirent par un repas ?
Qu'on vit une nuit profonde
Bientôt les envelopper,
Et que nous vîmes au monde
A la suite du souper ?

Je veux que la Mort me frappe
Au milieu d'un grand repas,
Qu'on m'enterre sous la nappe
Entre quatre larges plats,
Et que sur ma tombe on mette
Cette courte inscription :
CI-GÎT LE PREMIER POÈTE
MORT D'UNE INDIGESTION.

~~~~~~

LA NEIGE.

Air : Dans la paix et l'innocence.

Vous dont la muse hardie
Me bat tous les vingt du mois, (1)
Aujourd'hui je vous défie...
Tremblez enfin à ma voix !
Mais que vois-je ?... au mot de *neige*
Déjà vous frissonnez tous...
Ventrebleu ! levez le siége,
Ou je vais fondre sur vous.

Ma neige en bloc arrondie
Sur vous tous pleuvra si bien,
Que votre main engourdie
De six mois n'écrira rien :
Ce combat à coups de neige
Peut m'être encor familier,
Puisqu'ici comme au collége
Je ne suis qu'un écolier.

───────────────────────────

(1) Jours fixés pour les *Diners du Caveau Moderne.*

La neige à certain théâtre
Joue un rôle intéressant ;
Arbres, toits, tout est d'albâtre....
Quel coup d'œil éblouissant !
On y transit, on y gèle,
Et, pour comble de succès,
Tout finit par une grêle...
Une grêle de sifflets.

Mais vive cette fillette
Qui, fuyant fort à propos,
Dans une neige indiscrète
Perdit un de ses sabots! (1)
A son amoureux manége
Le public sourit long-tems,
Et tant que tomba la neige
On vit le ciel au beau tems.

Du sol brûlant d'Italie,
Des flots bouillonnans du Nil
Les Français pour leur patrie
Ont affronté le péril :
Aux confins de la Norwége
Suivez ces mêmes guerriers ;
Sous leurs pas, un champ de neige
Devient un champ de lauriers.

---

(1) *La Soirée et la Veillée villageoises*, pièce de MM. Piis et Barré.

O toi, par qui la peinture
Voit son domaine agrandi,
Toi, Vanloo, de la Nature
Et rival et favori,
Par ton heureux privilége
Nous voyons, peintre brillant,
Sous les glaces de ta neige
Briller le feu du talent.

Hélas ! mes amis , que n'ai-je
Des pinceaux plus éloquens
Pour vous peindre une autre neige
Qui ne brille qu'au printems !
Au corset de ma maîtresse
Soir et matin je la vois ,
Et jamais , quand je la presse',
Elle ne fond sous mes doigts.

Quoi ! devant une bouteille
Sur la neige huit couplets!
Pardonne, ô dieu de la treille ,
A l'affront que je te fais :
J'expîrai ce sacrilége
En sablant un verre plein,
Fuyez, vils flocons de neige ,
Devant ce flacon de vin !

~~~~~~

LA CHEMINÉE.

Air de la cinquième édition.

Je voulais peindre la saison
Dont les frileux déjà frémissent,
Et, prêt à tracer ma chanson,
Voilà mes doigts qui s'engourdissent;
Mais, puisqu'en vertu de nos lois
Elle ne peut être ajournée,
Pour faire mes couplets moins froids,
Faisons-les sur la cheminée.

La cheminée offre aux gourmands
Les trésors futurs de leur table,
Aux vieillards un doux passe-tems,
Aux Grâces un miroir aimable;
L'amant y voit du rendez-vous
Approcher l'heure fortunée :
Près de leurs belles, que d'époux
Gèleraient sans leur cheminée !

3

Si contre l'horreur des glaçons
Elle soutient notre faiblesse,
Dans la plus belle des saisons
Elle sert aussi la tendresse :
Sur le point d'être rencontrés
Par l'époux de leur dulcinée,
Que d'amans, par la porte entrés,
Sont sortis par la cheminée !

Où met-ou un billet d'ami ?
Au miroir de la cheminée.
Où se place un portrait chéri ?
A côté de la cheminée.
Où pleure-t-on un tendre époux ?
C'est au coin de la cheminée.
Où s'en console-t-on chez nous ?
Quelquefois sous la cheminée.

Rien n'est plus beau que le soleil ;
C'est lui qui féconde la terre ;
De ses feux l'éclat sans pareil
Embellit la nature entière ;
Il dore depuis nos coteaux
Jusqu'aux sommets des Pyrénées :
Mais pour dorer nos aloyaux,
Il ne vaut pas nos cheminées.

Hortense avait depuis long-tems
Une cheminée assez noire ;
Un beau jour, de peur d'accidens,
On manda le jeune Grégoire :
Je ne sais comme il s'en tira ;
Mais, quoiqu'il l'eût bien ramonée,
Tous les soirs, depuis ce jour-là,
Le feu prend à la cheminée.

Sur ce mot enfin j'ai conçu
Sept couplets, fort mauvais peut-être ;
Libre à vous, s'ils vous ont déplu,
De les jeter par la fenêtre ;
Mais n'allez pas brûler ce soir
Ma chanson à peine entonnée,
Car un gourmand n'aime pas voir
Le feu prendre à sa cheminée.

~~~~~~

MA PETITE REVUE.

Air : Ah ! voilà la vie.

De dame Nature
Amant assidu,
J'ose en miniature,
Pour payer mon dû, (1)
Vous tracer la vie,
  La vie
  Suivie,
Vous tracer la vie
De chaque individu.

Dans un mélodrame
Tuer sans fureur,
Larmoyer sans âme,
Brûler sans chaleur:
Voilà la manière
  De plaire (*bis*)
Dont pour l'ordinaire
Use plus d'un auteur.

(1) La chanson que chaque convive apporte tous les mo
au dîner du *Caveau*.

Changer à son aise
Dièse en bémol,
Bécarre en dièse,
Fa-dièse en sol :
Voilà comme chante,
      Enchante *(bis)*.
Maint fat dont on vante
La voix de rossignol.

Parler par saccade,
Faire avec vigueur
Ronfler la tirade
Et le spectateur :
C'est l'art que professe
      Sans cesse, *(bis)*
Dans plus d'une pièce,
Plus d'un célèbre acteur.

Enterrer son homme,
Toucher son argent,
Le soir rire comme
S'il était vivant :
Voilà la méthode
      Commode *(bis)*
Qu'a mise à la mode
Maint docteur ignorant.

En mauvaise prose
Défendre un méchant,
Et gagner sa cause...
On sait bien comment :
Voilà le commerce
    Qu'exerce *(bis)*
Dans la controverse
Plus d'un expert normand.

Sur sa joue empreinte
Garder deux soufflets,
Et porter sa plainte
Au juge de paix :
Voilà le courage
    Fort sage *(bis)*
De maint personnage
Prôné pour ses hauts faits.

Sous un parachute
A peine enlevé,
Faire la culbute
Du ballon crevé :
Voilà les bévues
    Connues *(bis)*
De qui croit les nues
A dix pieds du pavé.

Le jour inhumaine,
Jeter les hauts cris ;
La nuit, tendre Hélène,
Céder à Pâris :
Voilà comme fille
      Gentille, *(bis)*
De fil en aiguille
Se conduit à Paris.

Se dire novice,
Serrer son corset,
Flatter la nourrice
Qui tient le secret,
De fillette instruite
      Trop vite *(bis)*
Voilà la conduite
Pour trouver un benêt.

Vivre d'espérance,
Tromper le chagrin,
Rêver l'opulence
Et mourir de faim :
Joueurs, que la veine
      Entraîne , *(bis)*
Voilà votre peine
Et votre juste fin.

Si cet opuscule
Sent un peu l'aigreur,
Lève ta férule
Et frappe, censeur;
Puisque c'est l'usage,
    Courage ! (*bis*)
Déchire l'ouvrage ,
Mais épargne l'auteur.

~~~~~~

LE NOUVEAU MONDE.

Air : J'ai vu partout dans mes voyages.

En vices notre globe abonde ;
Moi, pour en terminer le cours,
Je viens de faire un nouveau monde
Qui ne m'a coûté que dix jours.
Je sais que par fanfaronnade
En sept jours le nôtre fut fait :
Que n'y mettait-on la décade,
Il eût été meilleur qu'il n'est.

J'aime beaucoup les formes rondes;
Elles nous offrent tant d'appas !
Mais je pense qu'en fait de mondes
Cette rondeur ne convient pas :
Ne nous étonnons pas des chutes
Qu'ici-bas on voit tous les jours :
Il faut bien s'attendre aux culbutes
Dans un lieu qui tourne toujours.

Je veux que le soleil n'éclaire
Que les talens et les vertus ;
Je ne fais gronder le tonnerre
Que sur les hommes corrompus ;
Et si dans la fange du crime
Le malheureux veut se plonger ,
Un éclair au bord de l'abîme
Viendra l'avertir du danger.

De tout animal nécessaire
Je veux que l'homme prenne soin ,
Et je débarrasse la terre
De ceux dont il n'a pas besoin :
Les insectes ne font que nuire ;
Mais j'aurais trop à m'occuper
Si j'entreprenais de détruire
Tous les êtres qu'on voit ramper.

Je donne à l'usurier plus d'âme ,
Et plus de tête à l'étourdi ;
Un peu moins de langue à la femme ,
Un peu plus de nez au mari ;
Moins de front à nos empiriques ,
Moins d'oreilles aux curieux ,
Moins de fiel aux gens satiriques ,
Et moins de dents aux envieux.

On sera sain toute la vie ,
Et c'est pour l'homme un double gain ,
Car , n'ayant pas de maladie,
Il n'aura pas de médecin ;
Et vers la fin de sa carrière,
Quand son *in manus* sera dit ,
Levant sa mourante paupière ,
Il verra le ciel... de son lit.

Pour faire un léger badinage
Si j'ai remué terre et ciel ,
J'ai du moins le rare avantage
De m'être fait père éternel ;
Je ne crains pas que l'on me fronde ;
Et voulez-vous savoir pourquoi ?
C'est qu'étant le père du monde ,
J'aurai tout le monde pour moi.

CHANSON BACHIQUE.

Air : Ainsi jadis un grand prophète.

Puisque sans boire on ne peut vivre,
Célébrons ce nectar parfait !
Mais permettez que je m'enivre
Pour me remplir de mon sujet :
Etourdi du jus de la tonne,
Je puis ne dire rien de bon ;
Mais du moins si je déraisonne ,
Ce ne sera pas sans raison.

D'Anacréon et d'Epicure
Suivons le précepte charmant :
Amis, tout boit dans la nature ;
Les enfans boivent en naissant ;
L'homme boit dans la maladie ;
Il boit quand il est bien portant ;
De boire enfin telle est l'envie ,
Que l'on boit même en se noyant.

On dit qu'on chancelle à trop boire ,
Que la chute suit le faux-pas :
Mais on voit, vous pouvez m'en croire ,
Tout le contraire en certains cas ;
Car lorsque le public écoute
Les pièces dont nous l'assommons ,
Lui seul est bientôt soûl sans doute ,
Et c'est pourtant nous qui tombons.

Juliet (1) , que n'ai-je ton adresse
Pour représenter les buveurs !
A nos yeux, quand tu peins l'ivresse ,
Tu la fais passer dans nos cœurs ;
Dans ton délire, combien j'aime
Les heureux faux-pas que tu fais !
Ah ! chancelle toujours de même ,
Et tu ne tomberas jamais.

---

(1) Acteur de l'Opéra-Comique. C'est lui qui joue d'une
manière si vraie et si enivrante le rôle de Grégoire dans
les Visitandines.

LA PLUME.

Air : Si Dorilas contre les femmes.

Quand la plume avec élégance
Ombrage le front de Myrthé,
Sa blancheur nous peint l'innocence,
Sa mollesse, la volupté :
Chaque jour, la beauté pour plaire
Emprunte son pouvoir vainqueur ;
Mais souvent, hélas ! trop légère,
La plume est l'emblème du cœur.

Brûlant du feu qui me consume,
Belle Chloé, plus d'une fois
Tu m'as su prouver que la plume
Se prête à de plus doux emplois :
Le soir où ta bouche muette
Laissa pour moi parler ton cœur,
Cette plume, souple et discrète,
Fut le trône de mon bonheur.

A la plume de Philomèle
Delille a dû tout son éclat ;
L'Amour détacha de son aile
Celle qui fait aimer Dorat ;
C'est l'aigle qui prêta la plume
Qui nous a tracé Mahomet,
Et l'auteur de plus d'un volume
A pris sa plume au perroquet.

Virgile d'un nouveau costume
Par ta plume fut revêtu ;
Mais, Scarron, pourquoi sous la plume
Toi-même te déguisas-tu ?
Ta plume qui nous fit tant rire,
Ton nom nous dit de la chérir,
Et ton nom nous dit de maudire
Celle qui te fit tant souffrir.

La plume des maux de l'absence
Peut seule adoucir la rigueur :
Elle fait parler le silence ;
Elle fait taire la douleur ;
La plume aux champs de la victoire
A conduit les soldats français ;
On doit aux ailes de la gloire
La plume qui signa la paix.

Tel jadis dormait sur l'enclume,
Mourant de froid , mourant de faim ,
Qui dort aujourd'hui sur la plume,
Ivre d'orgueil , ivre de vin :
D'où viennent ces chances nouvelles?
C'est que des voleurs... renommés
Joignent aux plumes de leurs ailes
Celles des gens qu'ils ont plumés.

Sexe charmant , à qui la plume
Doit et sa grâce et son éclat ,
Daigne recevoir de m'a plume
L'hommage pur et délicat ;
Si mes sept couplets sur la plume
Ont pu te prévenir pour moi ,
Ah ! puissé-je un jour sur la plume
Faire davantage pour toi !

~~~~~~

MORALITE.

Air du Bouffe et le Tailleur.

ENFANS de la folie,
 Chantons;
Sur les maux de la vie
 Glissons:
Plaisir jamais ne coûte
 De pleurs;
Il sème notre route
 De fleurs.

Oui, portons son délire
 Partout;
Le bonheur est de rire
 De tout;
Pour être aimé des belles,
 Aimons;
Un beau jour changent-elles ?
 Changeons.

Déjà l'hiver de l'âge
　　Accourt ;
Profitons d'un passage
　　Si court ;
L'avenir peut-il être
　　Certain ?
Nous finirons peut-être
　　Demain.

HYMNE A LA GAIETÉ.

Air : Fuyant et la ville et la cour. (De M. Guillaume.)

DANS l'âge heureux où des plaisirs
L'essaim brillant nous environne,
A la Gaîté, dans nos loisirs,
Amis, tressons une couronne :
Ce devoir si cher à nos cœurs]
Nous ne pouvons le méconnaître ;
Comment lui refuser des fleurs ,
Quand sous nos pas elle en fait naître?} *bis.*

De l'amour avec nos beaux ans
L'illusion nous est ravie :
Mais la Gaîté change en printems
L'hiver même de notre vie ;
Elle adoucit tous nos regrets
Par les plus riantes images ;
Elle est enfin par ses bienfaits
La volupté de tous les âges.

L'homme que soutient la Gaîté
Se rit du coup qui le menace ;
C'est d'elle aussi que la beauté
Tient son coloris et sa grâce.
De la Gaîté le doux attrait
Embellit jusqu'à la sagesse ;
De l'enfance elle est le hochet,
Et le bâton de la vieillesse.

Il n'est donné qu'à la vertu
D'éprouver son heureux délire ;
Lorsque le cœur est corrompu,
La bouche peut-elle sourire ?
Cette aimable sérénité
De l'innocence est la parure :
Une belle âme sans gaîté
Serait un printems sans verdure.

O Gaîté, doux charme des cœurs,
A mon bonheur toi qui présides,
Puisse un jour ta main sous les fleurs
De mon front me cacher les rides !
Brillante des mêmes appas
Qui me charmaient à mon aurore,
Laisse-moi mourir dans tes bras,
Et je me croirai jeune encore.

~~~~~~

LA HALLE.

Air du vaudeville de Jean Monnet,
ou, Frère Pierre à la cuisine.

JE sais qu'au seul mot de halle
Nos aimables du bon ton
Vont tous crier au scandale :
Je ris du qu'en dira-t-on,
    Et guidé,
    Secondé
Par mon sujet qui m'inspire,
Je n'ai qu'un mot à leur dire :
La halle inspira Vadé.

Si Lucullus, qu'on dit être
Des Romains le plus gourmand,
Jadis avait pu connaître
Ce superbe monument,
    Chers amis,
    Je prédis
Qu'il eût troqué, ce brave homme,
Le capitole de Rome
Pour la halle de Paris.

Bœuf, lapin, canard sauvage,
Maquereau, macaroni,
Saucisson, merlan, fromage,
Tout s'y trouve réuni;
    Et le né,
    Etonné
Du parfum qui s'en exhale,
En s'éloignant de la halle
Croit avoir dix fois dîné.

Si par un nouveau déluge
Le monde était submergé,
Permets, ô souverain juge,
Que ce lieu soit protégé !
    Tu prétends
    Des méchans
Punir la race infernale;
Mais le quartier de la halle
Est celui des *innocens*.

Voyez l'anguille vivante
Fretiller dans ce baquet;
Quelle chère succulente
Elle promet au gourmet!

Traiter l'eau
De fléau
Est une erreur des plus sottes ;
Aurions-nous des matelottes,
Si nous n'avions pas de l'eau ?

Bref, viande fraîche ou salée,
Œufs, lard, pois, pain, vin, choux-fleurs,
Tout se prend dans la mêlée,
Et chacun des acheteurs,
Du repas
A grands pas
Sentant que l'instant approche,
Court, l'un son veau dans sa poche,
L'autre son bœuf sous le bras.

Fourneaux, pétilléz bien vite ;
Rôtisseurs, chauffez vos fours ;
Dressez-vous, chaudron, marmite,
Et toi, broche, mes amours,
Viens du cours
De mes jours
Nourrir la gaîté féconde,
Et tourne comme ce monde,
Qui, dit-on, tourne toujours.

LE PALAIS ROYAL.

Air de la Sauteuse.

Du Palais-Royal
Comme je peindrais bien l'image,
　Si de Juvénal
J'avais le trait original !
　Mais tant bien que mal,
Muse, entamons ce grand ouvrage...
　Quel homme, au total,
Mieux que moi connaît le local ?
　Entrepôt central
De tous les objets en usage,
　Jardin sans rival,
Qui du goût est le tribunal...
　L'homme matinal
Peut, à raison d'un liard la page,
　De chaque journal
S'y donner le petit régal.
　D'un air virginal,
Une belle au gentil corsage

Vous mène à son bal
Nommé *Panorama moral...*
    Sortant de ce bal
Si de l'or vous avez la rage,
    Un râteau fatal
Sous vos yeux roule ce métal,
    Et par ce canal·
L'homme de tout rang, de tout âge,
    Va d'un pas égal
A la fortune, à l'hôpital.
    Le Palais-Royal
Est l'écueil du meilleur ménage;
    Le nœud conjugal
S'y brise net comme un cristal.
    Le provincial,
Exprès pour l'objet qui l'engage,
    Y vient d'un beau schall
Faire l'achat sentimental;
    Mais l'original
A vu certain premier étage...
    Heureux si son mal
Se borne à la perte du schall!...
    L'Anglais déloyal·
Sous nos coups a-t-il fait naufrage,
    Le Palais-Royal
Est l'écho du combat naval.

5

Qu'en poste, à cheval,
Chez nous un étranger voyage,
Son but principal
Est de voir le Palais-Royal.
Dans un tems fatal
Si de maint politique orage
Le Palais-Royal
Devint le théâtre infernal,
Du gai carnaval
Il est aujourd'hui l'héritage ;
Jeu, spectacle, bal,
Y sont dans leur pays natal.
Flamand, Provençal,
Turc, Africain, Chinois, Sauvage,
Au moindre signal
Tout se trouve au Palais-Royal ;
Bref, séjour banal,
Du grand, du sot, du fou, du sage
Le Palais-Royal
Est le rendez-vous général.

LA DÉSOLATION GÉNÉRALE,

ou

LA SUPPRESSION DES BILLETS *GRATIS*.

CHŒUR.

Air : Quel désespoir.

Quel désespoir !
Plus de billets de comédie !
Quel désespoir !
Qu'allons-nous devenir le soir ?

C'est nous que congédie
Un ordre révoltant ;
C'est une perfidie,
Nous applaudissions tant !...

Quel désespoir !
Plus de billets de comédie !
Quel désespoir !
Qu'allons-nous devenir le soir ?

PLUSIEURS VOISINS ET VOISINES.

Air : Que le sultan Saladin.

Ces billets m'ont tant de fois
Epargné chandelle et bois !
Tout à coup on les retranche ;
Et qui voudra le dimanche
Voir comédie, opéra,
    Paîra,
    Paîra,
Et d'après cet ordre-là
Il faudra brûler de plus belle
    Bois et chandelle (*bis*).

UN DIRECTEUR.

Air : Lise épouse l' beau Gernance.

A chaque pièce nouvelle,
Bien certains de votre zèle,
Nous opposions aux sifflets
Un déluge de billets :
C'est l'intérêt de la pièce
Qui nous prescrivait cela...
Mais l'intérêt de la caisse
N' connaît pas ces billets-là (*bis*).

LES CAFETIERS DES DIFFÉRENS THÉATRES.

AIR : Je vous comprendrai toujours bien.

Mais nous, dont les punchs renommés
Disposaient si bien les athlètes,
Les billets *gratis* supprimés
Suppriment aussi nos recettes :
C'est chez nous que ces fiers soldats
De la pièce plaidaient la cause,
Et, qu'elle prît ou ne prît pas,
Ils prenaient toujours *(ter)* quelque chose.

UN CABALEUR.

AIR : On dit que le diable est céans. (De Monténéro.)

Sans doute, messieurs les acteurs,
Ce changement est votre ouvrage ;
Et c'est d'un si cruel outrage
Que vous payez vos défenseurs !
  Mais patience, *(bis.)*
Plus de billets, plus d'indulgence ;
Craignez notre indignation...
La bonne ou mauvaise action.
A tôt ou tard sa récompense.

UN CHEF DE FILE.

AIR : Il faut que l'on file doux.

Et moi qui de votre gloire
Fus le premier instrument,
Une trahison si noire
Paîra donc mon dévoûment !
Tragédie ou vaudeville,
Faible de plan et de style,
Paraissait-il chanceler,
C'est le chef de file, file, file
Qui l'empêchait de filer. } bis.

UN CLAQUEUR à un chef d'emploi.

AIR : Traitant l'Amour sans pitié (De Voltaire chez Nino:)

Un soir, dans Agamemnon,
Nous vous jurâmes d'avance
D'applaudir à toute outrance
A chaque coup de talon :
Achille était votre rôle,
Et je ne sais trop, mon drôle,
Sans ce petit coup d'épaule
Ce qui vous fût arrivé ;

Mais la main fut si docile,
Et le talon si mobile,
Que ce qui perdit Achille
Est ce qui vous a sauvé (*bis*).

LES ACTEURS.

Air : Que d'établissemens nouveaux.

Quoi ! vous vous en prenez à nous
Des billets *gratis* qu'on supprime ?
Eh ! mes amis, bien plus que vous
L'acteur n'en est-il pas victime ?
Quand un créancier, inquiet
Venait faire le bon apôtre,
Nous lui faisions notre billet...
Pour ne pas en payer un autre (*bis*).

UN COMIQUE.

Air : Je suis né natif de Ferrare.

Uthal payait la revendeuse ;
Le *Traité Nul*, la parfumeuse ;
Richard payait le bijoutier ;
Anacréon, le cordonnier ;

Othello payait la modiste,
Et les *Templiers*, l'aubergiste;
Titus payait le perruquier,
Et la *Prude*, le culottier.

UNE PRINCESSE.

Air des Fleurettes.

Hélas ! avant la pièce
Qui nous exaltera ?
Dans le cours de la pièce
Qui nous applaudira ?
Si nous manquons dans la pièce,
Quel ami nous défendra ?
Et qui nous demandera
Après la pièce ?

CHŒUR GÉNÉRAL DES CABALEURS.

Air : Courez vite, prenez le patron.

Rendez-nous, rendez-nous nos billets,
Ou vous périrez sous les sifflets...
Oui, j'en fais hautement
Le serment,

Nous sifflerons jusques au bout
Tout.
Chaque ouvrage qui sera joué
Sera bafoué,
Honni, hué
Et conspué;
A chaque morceau,
Mauvais ou beau,
Nous éternûrons,
Nous bâillerons,
Nous tousserons...
Dans l'horreur
De ce courroux vengeur
Rien enfin
N'ira jusqu'à la fin,
Et l'auteur
Ou l'acteur
Le meilleur,
Fût-il un prodige, un phénix,
Nix.

RONDE DE TABLE.

AIR : Pour étourdir le chagrin.

ALLONS, mettons-nous en train;
Qu'on rie,
Et que la Folie
D'un aussi joli festin
Vienne couronner la fin.

Si par quelques malins traits
Les convives se provoquent,
Ici ce ne sont jamais
Que les verres qui se choquent.
Allons, etc.

Le vin donne du talent
Et vaut, dit-on, une muse;
Or donc, en me l'infusant,
J'aurai la science infuse.
Allons, etc.

Amis, c'est en préférant
La bouteille à la carafe ;
Qu'on voit le plus ignorant
Devenir bon géographe.

Allons, etc.

Beaune, pays si vanté,
Châblis, Mâcon, Bordeaux, Grave,
Avec quelle volupté
Je vous parcours dans ma cave !

Allons, etc.

Champagne, ton nom flatteur
A bien plus d'attraits, je pense,
Sur la carte du traiteur
Que sur la carte de France.

Allons, etc.

A voir ainsi du pays
On s'expose moins, sans doute ;
Il vaut mieux, à mon avis,
Verser à table qu'en route.

Allons, etc.

Je sais qu'une fois en train
On est étendu par terre
Tout aussi bien par le vin
Que par un vélocifère.

Allons , etc.

Mais voyage qui voudra ;
A moins que l'on ne me chasse ,
D'un an, tel que me voilà,
Je ne bougerai de place.

Allons , etc.

Ce lieu vaut seul, en effet ,
Toute la machine ronde ,
Et le tour de ce banquet
Est pour moi le tour du monde.

Allons, etc.

Il faudra pourtant, amis ,
Fuir de ce séjour aimable ;
En quittant ce paradis ,
Nous nous donnerons au diable.

Allons , etc.

RIEN QU'UNE.

CONTE.

CERTAIN curé, las d'être seul au lit,
Tenait du moins à ne pas l'être à table,
Et pour convive avait servante aimable,
De bonne mine et de bon appétit.
Dans un pieux et friand tête-à-tête
Thérèse et Tonsurin (c'est le nom du curé),
Quand du repas la prière était faite,
D'un bon vin vieux nouvellement tiré
Et d'un poulet avec art préparé
Se régalaient, surtout les jours de fête,
Et par degrés Thérèse, dont Bacchus
Electrisait les sens très-inflammables,
S'abandonnait à des désirs coupables,
Et certains mots, par saint Paul défendus,
Du bon curé venaient choquer l'oreille ;
Mais Tonsurin, achevant sa bouteille,
N'y répondait que par des *oremus ;*
Puis saintement, les yeux sur son bréviaire,

Dont deux doigts seuls tournaient le parchemin,
Il regagnait sa couche solitaire,
Tandis que l'autre, un bougeoir à la main,
Et ses beaux yeux baissés sur son beau sein,
Tout en pleurant l'ennui du presbytère,
De sa cellule enfilait le chemin.
Or de Thérèse et du bon Tonsurin
C'était, amis, la conduite ordinaire;
Nota pourtant que quand chez le patron
Certains curés, confrères charitables,
Pour y dîner arrivaient sans façon,
Las! pour Thérèse adieu mets délectables!
Adieu bon vin, café, liqueurs, adieu!
De son repas l'office était le lieu,
Et, de bon cœur, les ministres de Dieu
Etaient donnés par elle à tous les diables.
Arrive enfin l'antique Jour des Rois,
Jour solennel aux fastes de l'Eglise,
Et Tonsurin, qui respecte ses lois,
Court au marché : péché de gourmandise
Est bien permis en telle occasion;
Et qui pour Dieu meurt d'indigestion,
Mérite bien que Dieu le canonise.
Or sus, Thérèse, un panier sous le bras,
Et son patron sous une houpelande,
Malgré le vent, la neige et le verglas,
Jusqu'au marché cheminent à grands pas,

Et tour à tour l'un ou l'autre demande :
Combien cette oie ? On dispute, on marchande ;
Bref on achète : ils reviennent transis ;
Mais un bon feu les attend au logis.
Thérèse éprouve une secrète joie,
Thérèse espère avoir sa part de l'oie
Et du gâteau qu'on achète en rentrant ;
N'étant que deux, le pasteur sûrement
Aura la fève ; et l'on conçoit sans peine
Que s'il est roi, Thérèse sera reine.
Le feu s'allume, et l'oie, au même instant
Par le brasier doucement colorée,
Au gré du fer tournant et retournant,
Offre aux regards sa surface dorée.
La nuit survient ; la pendule a sonné
Du fin souper le moment fortuné ;
Déjà la table est dressée et servie ;
Déjà Thérèse a mis son blanc corset,
Son jupon vert et son nouveau bonnet ;
Déjà, de beaux marrons et de truffes farcie,
Son oie exhale un savoureux fumet ;
Déjà, placé vis-à-vis sa servante,
Le bon pasteur a saisi son couteau,
Tracé les parts, découpé le gâteau.
On sonne ; on ouvre. O douleur accablante !
Ma plume, hélas ! s'arrête à cet endroit...
Thérèse pâle, interdite, chagrine,

Cède sa place au vicaire Benoît,
Et va souper seule dans sa cuisine.
'—Hé ! bonjour donc ! —J'arrive sans façon.
—C'est fort bien fait ; ton bon ange t'envoie:
Assieds-toi là ; tu goûteras d'une oie
Délicieuse et d'un vin !.... Ah ! pardon ;
Je suis à toi ; je descends à ma cave ,
Et j'en apporte un certain vin de Grave
Qui... tu verras... tu le trouveras bon.—
Il sort.—Monsieur , dit Thérèse au vicaire,
En accourant, vous êtes seul?—Pourquoi?
—Pour vous donner un avis salutaire ;
Sachez qu'ici pour vous je meurs d'effroi.
—Que veux-tu dire? explique-toi, ma chère.
—Vous ignorez que monsieur Tonsurin,
Que vous croyez avoir l'esprit très-sain,
A par instans des accès de folie
Si dangereux , que souvent on le lie.
—Il serait fou ! lui?—Que trop par malheur!
Trois fois par an sa tête se détraque,
Et c'est toujours entre Noël et Pâque:
Voici l'époque.— O ciel ! je meurs de peur,
Si ces accès allaient le prendre à table?
—C'est très-possible,et même très-probable,
Car vous savez qu'il ne boit jamais d'eau;
Il a des vins de toutes les espèces ,
Et vous sentez que leurs vapeurs épaisses
Facilement ébranlent son cerveau.

—Mais à quoi donc pourrais-je reconnaître...
—Dès que monsieur verra mon pauvre maître
L'un contre l'autre aiguiser deux couteaux,
Sans plus tarder alors je lui conseille
De s'évader, s'il ne juge à propos
Pour un souper de laisser une oreille.
—Non, par saint Jean! —Quand sa tête s'en va,
A ses désirs malheur à qui s'oppose !
Il faut qu'il coupe, et dans ce moment-là
Cette oie ou vous ce serait même chose.
—A table ! à table ! Allons, maître Benoît,
Dit en rentrant, armé de deux bouteilles,
Le bon curé, ce vin fera merveilles.
Choisis ta part du gâteau : sous mon doigt
Je sens la fève ; oui , tiens, voilà l'endroit...
Hé non, c'est toi qui l'as ! Ah ! de la sorte
Tu viens chez moi me détrôner ! N'importe ;
A ta santé.—Volontiers.—Le roi boit !—
Bref sur un plat la maligne Thérèse ,
A pas comptés apporte en soupirant
Le met friand , succulent , odorant :
A son aspect tous trois se pâment d'aise ;
Mais pour Benoît quel spectacle effrayant
Quand le curé , d'un œil étincelant,
Considérant et le vicaire et l'oie,
Semble hésiter sur le choix de sa proie ;
Quand, saisissant deux larges coutelas
Que l'un sur l'autre il frotte à tour de bras,

Au vieux Benoît qui tremble sur son siége
Il dit tout haut : —Çà, que te couperai-je ?—
Figurez-vous, à ce mot foudroyant,
Maître Benoît renversant les bouteilles,
Dans ses deux mains tenant ses deux oreilles,
Franchir la porte, et, plus prompt que le vent,
Dégringolant l'escalier cul sur tête,
A travers champs crier : Arrête ! arrête !
Pousser, heurter les passans effrayés,
Qui pour un fou prennent notre vicaire;
N'oser enfin baisser les yeux à terre,
De peur de voir son oreille à ses pieds.
Figurez-vous Thérèse, ivre de joie,
De sa frayeur riant malignement,
Et le curé, muet d'étonnement,
Prêt à couper une cuisse de l'óie,
Sur l'escalier le poursuivre en criant :
—Rien qu'une, ami, rien qu'une seulement!—
Mais c'est en vain. Thérèse est radieuse,
Bref il revient, et sans doute on conçoit
Qui prit la place et la part de Benoît...
Par ce manége enfin victorieuse,
Goûtant le prix de son mensonge adroit,
L'espiègle en rit comme une bienheureuse;
Le cher curé, bientôt instruit du tour,
En rit aussi : riez à votre tour.

~~~~~~

A MADAME ****,

qui avait demandé à l'Auteur un billet
pour la première représentation d'une
de ses pièces au Vaudeville.

Quoi ! vous désirez un billet
Pour aller voir au Vaudeville
Un édifice bien fragile
S'écrouler au bruit du sifflet !
Non, non, madame, s'il vous plaît ;
Dût mon refus me mettre en butte
A l'excès de votre courroux,
Je ne suis nullement jaloux
D'épouvanter des yeux si doux
Par le spectacle de ma chute.
Je crois vous entendre déjà
Traiter mes craintes de folies :
Soit ; mais souffrez, malgré cela,
Que sur des mains plus aguerries
Je fonde l'espoir du succès...
S'il ne les fallait que jolies,
Vous auriez eu tous mes billets.

D'ailleurs l'amour-propre, madame,
Me défend de vous accorder
Ce que votre amitié réclame...
Oserais-je vous regarder
Si, par un malheur trop probable,
J'étais réduit à succomber
Aux traits d'un public implacable?
Quoi ! vos yeux m'auraient vu tomber!
Non, épargnez-moi cette honte ;
Si parfois l'auteur la surmonte,
Ah ! ce n'est jamais devant vous ;
Et celui qui connaît vos charmes,
Heureux de vous rendre les armes,
Ne doit tomber qu'à vos genoux.

LE NOIR.

Air de la Sauteuse.

Du matin au soir
Le noir
Joint l'éclat à la grâce ;
Dans toute saison
Le noir, dit-on,
Est de bon ton.
On se met en noir
Lorsqu'on va voir
Les gens en place ;
Le juge est en noir
Quand sur son siége
Il va s'asseoir ;
Le noir
Fait valoir
Dans le boudoir
Un sein de neige ;
Auteur
Et docteur
Ont adopté cette couleur ;

C'est en habit noir
Que l'on épouse ce qu'on aime ;
Maint drame le soir
Nous a fait voir
Thalié en noir ;
Suit-on un cercueil,
Le noir du deuil
Offre l'emblème,
Et c'est là couleur
Qu'au bal aime plus d'un danseur ;
Bref le noir
S'allie
Au désespoir,
A la folie,
Et sous cet habit
On juge, on danse, on pleure, on rit.

MA PHILOSOPHIE,

CHANSON MORALE.

AIR : Fournissez un canal au ruisseau.

Pour jamais l'an vient de s'écouler (1) ;
Amis, c'est un mal sans remède,
Et bien loin de nous en désoler,
Songeons à celui qui succède ;
Oui, livrons-nous, pour rajeunir,
Aux élans d'une gaîté folle,
Et, ne pouvant fixer le Tems qui vole,
Tâchons de fixer le Plaisir.

Si l'objet dont nous sommes épris
Devait toujours rester le même,
A nos yeux il perdrait de son prix :
Tout vieillit ; c'est la loi suprême ;
Et lorsque l'an vers son déclin
Loin de moi fuit à tire-d'aile,
Je vois bien moins ce qu'il ôte à ma belle
Que ce qu'il ajoute à mon vin.

---

(1) Cette chanson parut le premier janvier 1807.

Moquons-nous de la fuite du Tems,
   Et n'en regrettons que la perte ;
Que toujours de vingt mets différens
   Notre table reste couverte ,
   Et chantons à tous nos repas :
   « L'appétit naît de la folie ;
» Or, les seuls jours perdus dans cette vie
   » Sont les jours où l'on ne rit pas. »

Aimons bien, buvons bien, mangeons bien,
   Jusqu'à la fin de notre route ,
Et surtout, amis , ne gardons rien,
   Pour un lendemain dont on doute.
   Alors l'avare nautonier ,
   Aux enfers prêt à nous descendre ,
Prévoyant bien qu'il n'aurait rien à prendre,
   Finira par nous oublier.

~~~~~~

JEAN QUI PLEURE ET JEAN QUI RIT.

Air du vaudeville du Rémouleur et la Meunière.

Il est deux Jean dans ce bas monde,
Différens d'humeur et de goût ;
L'un toujours pleure, fronde, gronde ;
L'autre rit partout et de tout :
Or, mes amis, en moins d'une heure,
Pour peu que l'on ait de l'esprit,
On conçoit bien que Jean qui pleure
N'est pas si gai que Jean qui rit.

Aux Français une tragédie
A-t-elle éprouvé quelqu'échec,
Vite d'une autre elle est suivie :
Le public la voit d'un œil sec ;
L'auteur en vain la croit meilleure ;
On siffle... son rêve finit...
Dans la coulisse est Jean qui pleure ;
Dans le parterre est Jean qui rit.

7

Jean-Jacques gronde et se démène
Contre les hommes et leurs mœurs ;
La gaîté de Jean La-Fontaine
Epure et pénètre les cœurs ;
L'un avec ses grands mots nous leurre ;
De l'autre un rat nous convertit :
Nargue, morbleu, du Jean qui pleure !
Vive à jamais le Jean qui rit !

Dupe d'une fausse caresse,
Floricourt, ivre de désirs,
Saisit la coupe enchanteresse
Qu'un dieu fripon offre aux plaisirs:
En riant l'imprudent l'effleure ;
Il la savoure, il la tarit ;
Et le lendemain Jean qui pleure
Succède, hélas ! à Jean qui rit.

Jean, porteur d'eau de la Courtille,
Un soir se noya de chagrin ;
Un autre Jean, jeune et bon drille,
Tomba mort ivre un beau matin ;
Et sur leur funèbre demeure
On grava, dit-on, cet écrit :
« Le ciel fit l'eau pour Jean qui pleure,
» Et fit le vin pour Jean qui rit. »

Auprès d'un vieux millionnaire
Qui va dicter son testament,
Le Jean qui rit est en arrière,
Le Jean qui pleure est en avant;
Jusqu'à ce que le vieillard meure
Il reste au chevet de son lit :
Est-il mort, adieu Jean qui pleure ;
On ne voit plus que Jean qui rit.

Quand de leurs champs, de leurs colléges,
Nos conscrits marchent aux combats,
Les mots de blocus et de siéges
D'abord ne les séduisent pas ;
Mais une voix intérieure
Au feu bientôt les enhardit,
Et tel qui part en Jean qui pleure,
Sous les drapeaux est Jean qui rit.

Professeurs dans l'art de bien vivre,
Dispensateurs de la santé,
Vous que ne cessent pas de suivre
Et l'appétit et la gaîté,
Ma chanson est inférieure
À tout ce qu'on a déjà dit ,
Et je vais être Jean qui pleure
Si vous n'êtes pas Jean qui rit.

~~~~~~

V'LA C' QUE C'EST QUE L' CARNAVAL.

AIR : V'là c'que c'est qu' d'aller au bois.

Momus agite ses grelots,
Comus allume ses fourneaux,
Bacchus s'enivre sur sa tonne,
Pallas déraisonne,
Apollon détonne ;
Trouble divin, bruit infernal,
V'là c' que c'est que l'Carnaval.

Au lever du soleil on dort,
Au lever de la lune on sort ;
L'époux, bien calme et bien fidèle,
Laisse aller sa belle
Où l'amour l'appelle :
L'un est au lit , l'autre est au bal.
V'là c' que c'est que l' Carnaval.

Carrosses pleins vont par milliers ,
Regorgeant dans tous les quartiers;
Dedans, dessus, devant, derrière,
    Jusqu'à la portière,
    Quelle fourmilière !
Des fous on croit voir l'Hôpital.
  V'là c' que c'est que l' Carnaval.

Un char pompeusement orné
Présente à notre œil étonné
Quinze poissardes qu'avec peine
    Une rosse traîne ;
    Jupiter les mène ;
Un cul-de-jatte est à cheval.
  V'là c'que c'est que l' Carnaval.

Arlequin courtise Junou,
Colombine poursuit Pluton ,
Mars madame Angot qu'il embrasse,
    Crispin une Grâce ,
    Vénus un Paillasse ;
Ciel, terre, enfers, tout est égal.
  V'là c' que c'est que l' Carnaval.

Mercure veut rosser Jeannot ;
On crie à la garde aussitôt,
Et chacun voit , de l'aventure ,
　Le pauvre Mercure
　A la préfecture
Couché sur un procès-verbal.
　V'là c' que c'est que l' Carnaval,

Profitant aussi des jours gras,
Le traiteur déguise ses plats ,
Nous offre vinaigre en bouteille,
　Ragoût de la veille,
　Daube encor plus vieille :
Nous payons bien, nous soupons mal
　V'là c' que c'est que l' Carnaval.

Un bœuf, à la mort condamné,
Dans tout Paris est promené :
Fleurs et rubans parent sa tête ;
　On chante, on le fête,
　Et, la ronde faite,
On tue, on mange l'animal.
　V'là c' que c'est que l' Carnaval,

Quand on a bien ri, bien couru,
Bien chanté, bien mangé, bien bu,
Mars d'un fripier reprend l'enseigne,

    Pluton son empeigne,

    Jupiter son peigne ;

Tout rentre en place ; et, bien ou mal,

    V'là c' que c'est que l' Carnaval.

~~~~~~

LE CARÊME.

Air : Mon père était pot.

Puisqu'on s'exerce plus gaîment
  Sur un sujet qu'on aime,
Devrait-on forcer un gourmand
  A chanter le Carême (1)?
    Mais, tant bien que mal,
    Il faut du Journal
  En tout point suivre l'ordre :
    Puisse mon sujet,
    Tout maigre qu'il est,
  Me donner de quoi mordre !

Adieu, pâtés et saucissons !
  En ces jours d'abstinence
Ce n'est, hélas ! que de poissons
  Que se nourrit la France :
    Pour que le péché
    Dont il s'est taché

_____

(1) Ce mot avait été donné à l'auteur.

S'efface de lui-même,
Vous voyez qu'il faut
Que le vrai dévot
Pêche tout le Carême.

Cochons, que votre sort est doux
Quand Mardi-Gras nous laisse !
Vos bourreaux, suspendant leurs coups,
Respectent votre graisse ;
Et quoiqu'à bon droit
Le Carême soit
Prescrit par plus d'un moine,
Un pareil statut
Prouverait qu'il fut
Fondé par saint Antoine.

Hélas ! de plaisirs aussi courts
Faut-il qu'on se repente,
Et pour avoir ri quinze jours
Doit-on jeûner quarante ?
Le marin souvent
Subit en rentrant
Une aussi longue peine ;
Mais au moins il peut
Manger ce qu'il veut
Pendant sa quarantaine.

Hier, pensant à ma chanson
  Plus qu'à ma ménagère,
Je ne lui disais que : — Paix donc ;
  J'ai mon Carême à faire.—
    Je voulus la nuit
    Lui dire sans bruit
  Ce qu'on dit quand on aime...
    —Un peu moins d'amour,
    Dit-elle à son tour ;
  Faites votre Carême.—

Enfin, chers gourmands, je l'ai fait ;
  Il faut qu'on se résigne ;
Mais convenez que le sujet
  De nous n'était pas digne ;
    Et toi, cher lecteur,
    Puisque par malheur
  Le Carême est d'instance,
    Bien tournée ou non,
    Chante ma chanson
  Au moins par pénitence.

~~~~~~

COUPLETS

Chantés un jour de noces par le père
de la mariée.

AIR : V'là c' que c'est qu' d'aller au bois.

MON Dieu ! mon Dieu ! quel embarras
Qu' d'avoir un' fille sur les bras !
On se dit dès son plus bas âge :
   Sera-t-elle sage ?
   Heureuse en ménage ?
Pendant quinze ans on n' pens' qu'à ça.
  V'là c' que c'est que d'êt' papa.

A quatre ans quel maudit sabbat !
Ça crie, ou ça mord, ou ça bat ;
Pour rendre l'espiègle muette
   On lèv' la jaquette,
   On soufflette, on fouette ;
Puis un baiser vient gâter ça.
  V'là c' que c'est que d'êt' papa.

A huit ans ça veut babiller,
Ça veut trancher, ça veut briller ;
Soir et matin la p'tit' coquette
    N' rêve que toilette ;
    Il faut qu'on achète
Colliers par-ci, brac'lets par-là.
  V'là c' que c'est que d'êt' papa.

C'est à douze ans qu' faut voir venir
Des maîtres à n'en plus finir ;
Danse, dessin, musique, histoire
    Enflent le mémoire...
    C'est là mer à boire ;
Au bout du mois faut payer ça.
  V'là c' que c'est que d'êt' papa.

Mais p'tit à p'tit v'là q' ça grandit,
Qu' ça s'embellit, qu' ça s'arrondit... :
D' not' fille on vante la figure,
    L'esprit, la parure,
    Le ton, la tournure,
Et nous mordons à c't ham'çou-là.
  V'là c' que c'est que d'êt' papa.

Un beau garçon s' présente enfin ,
Doux , honnête , et l' cœur sur la main ;
D' plaisir , d'amour son cœur pétille...
 Il plaît à la fille ,
 A tout' la famille ;
L' père enchanté dit : Touchez là...
 V'là c' que c'est que d'êt' papa.

Les bans sont bientôt publiés ,
Et les jeunes gens mariés :
Au Cadran Bleu l'festin s'ordonne ;
 Tandis qu'il se donne ,
 L' mari déraisonne
En pensant qu'un jour il dira :
 V'là c' que c'est que d'êt' papa.

A la fin du joyeux repas ,
Au couple heureux on tend les bras ;
L'un , quittant sa place et son verre ,
 Saute au cou d' la mère ;
 L'autre au cou du père ,
Qui pleure et dit en voyant ça :
 V'là c' que c'est que d'êt' papa.

LA TABLE.

Air de la cinquième édition, *ou: Je ne veux la mort* de personne.

En vrai gourmand je veux ici
Chanter ce meuble nécessaire
Dont tous les mois l'attrait chéri
Double nos nœuds et les resserre ; (1)
Oui, quels que soient les traits mordans
Dont la critique nous accable,
Au risque de ses coups de dents,
Je vais m'étendre sur la table.

Comment refuser son tribut
A cette mère universelle !
Sans la table point de salut,
Et nous n'existons que par elle :
L'alcove où l'homme s'amollit
Lui peut-elle être comparable ?
Les pauvres mourans sont au lit :
Les bons vivans ne sont qu'à table.

---

(1) La *Société Epicurienne du Caveau* s'assemble tous les mois au Rocher de Cancale.

Quel doux spectacle , quel plaisir
De voir ces sauces parfumées
Dont toujours, prompt à les saisir,
L'odorat pompe les fumées !
On rit, on chante, on mange, on boit...
De bonheur source intarissable !
Le cœur pourrait-il rester froid
Quand il voit tout fumer à table ?

Deux rivaux entendent sonner
L'instant qui menace leur vie ;
A faire un dernier déjeuner
Un témoin sage les convie :
Dans le vin tous deux par degrés
Eteignent leur haine implacable ;
Ils seraient peut-être enterrés
S'ils ne s'étaient pas mis à table.

Le gros Raymond voit chaque jour
Cent wiskis assiéger sa porte ;
Il reçoit la ville et la cour ;
La Renommée aux cieux le porte.
— Il a donc de rares vertus ?
— Non. — A-t-il un rang remarquable ?
Des talens ? de l'esprit ? — Pas plus.
— Qu'a-t-il donc ? — Il a bonne table.

Grands yeux bien noirs et bien piquans,
Oreille ou poitrine rôtie,
Petite bouche, belles dents,
Cervelle grasse et bien farcie,
Taille légère, bons gigots,
Sein de lis, langue délectable, -
Jambe mignonne, pieds de veaux,
Voilà ma maîtresse et ma table.

A table on compose, on écrit ;
A table une affaire s'engage ;
A table on joue, on gagne, on rit ;
A table on fait un mariage ;
A table on discute, on résout ;
A table on aime, on est aimable :
Puisqu'à table on peut faire tout,
Vivons donc sans quitter la table.

~~~~~~

IMPROMPTU

Adressé par une jeune dame à un de
ses parens.

Quoi ! vous désirez mon portrait !
De vos bontés quelle preuve nouvelle !
    Je croyais qu'il vous suffirait
De vous être assuré tout l'amour du modèle.
Le voici, ce portrait ; je tremble en vous
        l'offrant ;
Et mon dernier désir (je n'en forme point
        d'autre)
C'est que vous le trouviez à peu près ressem-
        blant :
    J'aimerais mieux qu'il fût parlant ;
    Il vous demanderait le vôtre.

~~~~~~

ÉPITRE

A UN CONVIVE CONVALESCENT.

Vous, cher confrère, *in extremis !*
Quel coup *pro vestris amicis,*
S'il nous avait fallu, *jocis ,*
Dîners et chansons *remotis ,*
Escorter d'un *de profundis*
Votre voyage *in excelsis !*
Ah ! c'est pour le coup que *Piis,*
Philipon , Antignac , Francis ,
Et *Capelle* le cadédis ,
Tous nos frères *in opimis ,*
Seraient tombés *in lacrymis.*
Mais enfin *proximus mensis*
Pourra vous voir *nostris mensis ,*
Et boire et manger comme six.

Douce espérance ! *spes dulcis!*
Gratias agamus Diis,
In sancto nomine patris
Et tuæ caræ salutis.

Fait *sub oculo LAUJONIS*,
  Président, *corde juvenis.*

          DÉSAUGIERS, frère *in gaudiis*,
            Secrétaire *in auxiliis.*

A la fin d'*Augusti mensis* (1),
  Et anno priore pacis.

---

(1) 1807.

~~~~~~

FAUTE D'UN MOINE, L'ABBAYE NE MANQUE PAS.

Air : Ça n' se peut pas.

De Comus nous ouvrons le temple;
Gourmands, buveurs, accourez tous,
Et, pour mieux suivre notre exemple,
Soyez exacts au rendez-vous ;
Car, la soupe une fois servie,
Si l'un de nous manque au repas,
Faute d'un moine, l'abbaye
Ne manque pas (*bis*).

Avez-vous vu la pauvre Ursule
Depuis que son mari n'est plus ?
Sa maison est une cellule,
Tous les hommes en sont exclus ;
Les uns pensent qu'elle s'ennuie,
Et les autres disent tout bas :
Faute d'un moine, l'abbaye
Ne manque pas.

La nuit la frileuse Laurence
Au feu d'un moine avait recours;
Sa vieille maman, par prudence,
Proscrit le moine pour toujours :
Mais quand une fille jolie
Craint de grelotter dans ses draps,
Faute d'un moine, l'abbaye
    Ne manque pas.

Dans un tragique mélodrame,
Un capucin fort ennuyeux
Au troisième acte rendait l'âme,
Tout en pérorant de son mieux.
— Meurs donc vite, aussitôt s'écrie
Un Gascon de son jeu fort las ;
Fauté d'un moiné, l'abbaye,
    Né manqué pas.

Santeuil, de joyeuse mémoire,
Du couvent s'échappait sans bruit
Pour aller chanter, rire et boire
Le jour, et quelquefois la nuit.
— Autant vaut, se disait l'impie,
Rire ici que roufler là-bas ;
Faute d'un moine, l'abbaye
    Ne manque pas.

Jurons, quoique tout ait son terme,
De ne jamais nous désunir ;
Amis, verre en main, tenons ferme
Jusqu'à notre dernier soupir ;
Et si la mort me congédie,
Chantez tous après mon trépas :
Faute d'un moine, l'abbaye
   Ne manque pas.

LES COUPS.

Air du vaudeville du Chapitre Second.

Tout homme ici bas a sa part
Des coups qui menacent la vie :
Le joueur craint ceux du hasard ,
Le riche craint ceux de l'envie ,
L'ennemi craint ceux du canon ,
Le poltron craint les coups de canne ,
Et l'homme à talent est , dit-on ,
Sujet au coup de pied de l'âne.

Un coup de tête bien souvent
Aux jeunes gens devient funeste ;
Un coup de langue est du méchant
L'arme qu'à bon droit on déteste ;
L'espérance du laboureur
Par un coup de vent est trompée ;
Un coup de pate à son auteur
Parfois attire un coup d'épée.

Un coup de théâtre mal fait
Indispose tout un parterre,
Et l'auteur, au coup de sifflet,
Est frappé d'un coup de tonnerre ;
Les coups fourrés ont des attraits
Pour la beauté la moins friponne ;
Mais chez elle on sait que jamais
Un coup manqué ne se pardonne.

Tout fiers de leurs nouveaux succès,
Nos riches, étonnés de l'être,
Se vantent que leurs coups d'essais
Ont été de vrais coups de maître ;
Mais, de la fange étant sortis,
Malgré l'éclat de leurs carrosses,
La poussière de leurs habits
Résiste à tous les coups de brosses.

Il est des coups que ne craint pas
L'amant bien épris de sa belle ;
Un seul coup d'œil lui dit tout bas :
Au coup de minuit sois fidèle.
Minuit sonne ; au coup de marteau
S'ouvre la porte clandestine,
Et, ceints de l'amoureux bandeau,
Ils font leurs coups à la sourdine.

Chers amis , comme en vous chantant
Coup sur coup six couplets, je tremble
D'avoir perdu des coups de dent ,
Buvons su moins un coup ensemble ;
Si de ma chanson sur les coups
L'assommante longueur vous lasse ,
Je consens , par pitié pour vous ,
A vous donner le coup de grâce.

~~~~~~

TOUT CE QUI LUIT N'EST PAS OR (1).

AIR : Dans la paix et l'innocence.

POUR une chanson nouvelle
J'invoquais mon Apollon,
Quand je vis à ma chandelle
Se brûler un papillon ;
Et cet incident tragique
M'inspira, sans nul effort,
Ce refrain philosophique :
Tout ce qui luit n'est pas or.

---

(1) Je sais qu'on dit : *Tout ce qui* RELUIT *n'est pas or*;
mais j'ai cru pouvoir me permettre la sonstraction d'une
syllabe, qui aurait contrarié les rapprochemens que je
voulais établir, en offrant le verbe *luire* dans les diverses
acceptions qu'il présente ; d'ailleurs cette licence réd
chacun de mes vers à *sept* syllabes ; *et numero Deus impar
gaudet.*

Sans argent, sans espérance,
Figeac plaignait son destin.
— Hé , morgué, d' la patience,
Lui dit Pierre , son voisin ;
L' soleil luit pour tout le monde.
— Il luit , j'en tombé d'accord ;
Mais lorsqué l'estomac gronde ,
Tout cé qui luit n'est pas or. —

De la nuit perçant les voiles ,
Un faux savant , un vrai sot
Au feu brillant des étoiles
Croit faire bouillir son pot ;
Mais , loin de faire fortune ,
Il se perd dans son essor,
Et voit qu'autour de la lune
Tout ce qui luit n'est pas or.

Dans mille pièces mesquines
Qu'un jour voit s'évanonir ,
Costumes, décors , machines ,
Tout est fait pour éblouir ;
Mais au bout de la quinzaine
La baisse du coffre-fort
Prouve au caissier qu'à la scène
Tout ce qui luit n'est pas or.

Hier, d'un nouvel ouvrage
Qu'un libraire vint m'offrir,
L'or, décorant chaque page,
M'engage à le parcourir :
Je bâille, et, voulant poursuivre,
Malgré moi je bâille encor ;
Ah ! dis-je en jetant le livre,
Tout ce qui luit n'est pas or.

Le jour de l'hymen d'Hortense
Son papa dit au futur :
— C'est la vertu, l'innocence ;
Le jour qui luit est moins pur. —
Mais la nuit, dit la chronique,
L'époux, déplorant son sort,
S'écria d'un ton tragique :
Tout ce qui luit n'est pas or.

Quand une aguès se dit riche,
Quand un fat vante son nom,
Quand un médecin s'affiche,
Quand une belle dit non,
Quand un voyageur bavarde,
Quand un Anglais se dit lord,
Mes amis, prenez-y garde,
Tout ce qui luit n'est pas or.

~~~~~~

VERS

adressés à Madame ***, en lui envoyant
un billet pour une pièce intitulée *la
Paix*, et faite à l'occasion de la paix
de 1807.

Pour la paix qu'on nous donne il n'existait
      qu'un vœu :
Celle qu'on va donner sera bien moins durable;
    Car l'une est l'ouvrage d'un dieu,
    L'autre celui d'un pauvre diable.
L'auteur de la première, à force de bienfaits,
    S'est fait chérir de tout le monde :
Esclave des hasards, l'auteur de la seconde
Ne pourra plaire, hélas ! qu'à force de billets.
    Ne refusez donc pas, madame,
    Celui que j'ose vous offrir :
Accordez-moi l'appui que je réclame,
    Et je suis sûr de réussir.
    Rapprochant l'intervalle immense
Qu'entre l'état et moi le destin avait mis,
Ce qu'au bras des vainqueurs doit aujourd'hui
      la France,
Je le devrai, madame, aux mains de mes amis.

         *

~~~~~~

PETITE PLUIE ABAT GRAND VENT.

Air : Du partage de la richesse, ou du petit Matelot.

LUNDI matin un grand tumulte
Réveille toute ma maison ;
C'est un créancier qui m'insulte
Et veut m'envoyer en prison :
Les soufflets pleuvent sur sa face,
Et mon juif, en les recevant,
Plus poli, me demande grâce :
Petite pluie abat grand vent.

Je sors ; je rencontre une belle
Au teint de lis, aux doux contours ;
Je la poursuis en dépit d'elle,
Elle veut crier au secours :
J'use aussitôt d'une recette
Qui réussit assez souvent ;
Ma Danaé devient muette :
Petite pluie abat grand vent.

Comblé des bontés de la dame,
Je cours chez l'ami Roberto :
Ce tendre époux battait sa femme,
Prise... *in flagrante delicto.*
Mais, au plus fort de la tempête,
Il la voit de pleurs s'abreuvant ;
Son courroux meurt, son bras s'arrête :
Petite pluie abat grand vent.

Deux hommes, écumant de rage,
Plus loin se prenaient aux cheveux :
Voilà que d'un premier étage
On les arrose tous les deux ;
Voilà nos héros de l'ondée
A droite, à gauche se sauvant ;
Voilà la querelle vidée :
Petite pluie abat grand vent.

Le soir je livrais au parterre
Le sort d'un enfant nouveau né ;
Je verse le punch à plein verre
A maint claqueur déterminé :
On veut siffler, et ma cohorte,
Tour à tour claquant et buvant,
Met tous les siffleurs à la porte
Petite pluie abat grand vent.

Je regagne enfin ma demeure,
Où m'attendait certain minois :
Je l'embrasse... Il était une heure;
Le baiser dura jusqu'à trois :
Mais tôt ou tard l'amour sommeille,
Et bientôt Morphée arrivant,
Vint tout bas me dire à l'oreille :
Petite pluie abat grand vent.

wwwwwwwwwwwwwwwwwwwwwwwwwww wwwwwwwwwwwwwwwww wwwwwwwwwww

L'EAU VA TOUJOURS A LA RIVIÈRE.

Air : J'étais bon chasseur autrefois.

Amis, il est un fait certain
Que ne doit ignorer personne ;
La Moselle s'unit au Rhin,
Et la Dordogne à la Garonne ;
L'Oise dans la Seine se rend ;
Le Rhône se joint à l'Isère,
Et, bien ou mal, voilà comment
L'eau va toujours à la rivière.

Armateur, jadis porteur d'eau,
Mondor, qui se nommait Antoine,
Achète, équipe maint vaisseau ;
L'Océan est son patrimoine :
Humble autrefois, fier aujourd'hui,
Au Pactole il se désaltère,
Et les faveurs pleuvent sur lui :
L'eau va toujours à la rivière.

L'ami Vigier, tous les matins,
Chez lui voit accourir la foule,
Et tant qu'il coulera des bains,
Nous ne craignons pas qu'il se coule.
Vigier roule et nage dans l'or ;
Sa fortune est liquide et claire,
Et chaque été la double encor :
L'eau va toujours à la rivière.

Un hydropique, las des maux
Dont gémit l'humaine nature,
Un beau matin va dans les eaux
Chercher un terme à son enflure :
Figeac le voit ; ah ! cadédis,
Dit-il en sautant en arrière,
Il est défunt... *de profundis!*
L'eau va toujours à la rivière.

Un Jean-Baptiste, vigneron,
Ayant adopté pour système
D'imiter en tout son patron,
Honorait son vin du baptême :
Un jour la Seine, débordant,
Vient inonder sa cave entière :
Il devait prévoir l'accident ;
L'eau va toujours à la rivière.

Je voulais boire ce matin
A la source de l'Hippocrène :
Vous m'avez coupé le chemin,
Et je reviens tout hors d'haleine.
Chaque mois vous m'opposerez
Cette insurmontable barrière ;
Plus vous buvez, plus vous boirez :
L'eau va toujours à la rivière.

~~~~~~

LA MOUTARDE APRÈS LE DINÉ.

AIR : Au clair de la lune.

MA chanson à faire
Jusqu'à ce moment
Ne m'occupa guère ;
Ce matin pourtant
Ma muse musarde,
Avant déjeuné,
A fait la moutarde
Après le dîné.

Qu'une tragédie
Ait un plein succès,
Et, par jalousie,
Que deux jours après
Un journal bombarde
L'auteur couronné,
C'est de la moutarde
Après le dîné.

Jaloux de sa belle,
Certain vieux galant
Trouve un jour près d'elle
Son représentant ;
Le sot qu'on brocarde
Crie en déchaîné...
C'est de la moutarde
Après le dîné !

Dans la capitale
Un pauvre ingénu
Boit, joue et régale
Le premier venu :
Mais s'il se hasarde
A traiter Phryné,
Gare la moutarde
Après le dîné !

Roch, purgeant Ragonde
Que l'âge accablait,
Disait que ce monde
Etait un banquet :
Alors, dit la garde,
Tout votre séné
Est de la moutarde
Après le dîné.

Madame Gertrude
Veut à soixante ans
Faire encor la prude;
Mais il n'est plus tems;
En vain elle farde
Son teint suranné;
C'est de la moutarde
Après le dîné.

Amis, je m'arrête,
Et crains, entre nous,
Qu'un grand mal de tête
Ne vous prenne à tous.
A tort je bavarde;
Rien ne monte au né
Comme la moutarde
Après le dîné.

LE FOIN.

Air du vaudeville du Mameluck.

Nous, qui pour payer nos dettes
Chantons ici tous les mois (1),
Allons, gai, friands poëtes,
Que le foin nous mette en voix !
Mardi, près d'une bruyère,
Un fait dont je fus témoin
M'a prouvé qu'on pouvait faire
Quelque chose sur le foin.

Aussitôt, vaille que vaille,
J'ai griffonné ce couplet :
La misère est sur la paille,
La luxe est sur le duvet,
La grandeur est sous un dôme,
Le talent est dans un coin,
Le repos est sous le chaume,
Le plaisir est sur le foin.

(1) La Société Epicurienne séante au Rocher de Cancales

Puis, aux traits de la satira
Abandonnant mon esprit,
J'ai fait un malin sourire,
Et tout bas je me suis dit :
Maint fat que j'ai sur mes notes
N'eût jamais été si loin,
S'il n'avait pas dans ses bottes
Mis quelques bottes de foin.

Foin du censeur trop austère,
Foin des bavards, des pédans,
Foin des Anglais, de la guerre,
Foin des sots, foin des méchans,
Foin des riches qu'importune
L'aspect touchant du besoin....
Ils mangeraient leur fortune,
Si l'or se changeait en foin.

Le malheureux par un songe
Dans un palais transporté,
Prend d'abord ce doux mensonge
Pour une réalité ;
Mais bientôt le pauvre diable
Voit, dès que le songe est loin,
Que Dieu mit dans son étable
Plus de paille que de foin.

Chercher l'esprit dans un drame,
Le bon sens dans un roman,
La raison chez une femme,
L'honneur chez un charlatan,
La froideur chez une fille,
Mille écus dans un besoin,
Ah! c'est chercher une aiguille
Dans une botte de foin.

~~~~~~

LES BROUILLARDS.

AIR : Tenez, moi je suis un bon homme.

Pour un gastronome intrépide
Quel triste sujet à chanter !
Mais comme il est assez humide,
Je commence par m'humecter :
Si le vin trouble un peu ma vue,
Amis, pardonnez mes écarts ;
On peut bien faire une bévue,
Lorsque l'on est dans les brouillards.

Le papier brouillard ne peut guère
Garder l'empreinte d'un écrit ;
Aussi chez Plutus, à Cythère
Ce papier a-t-il du débit :
Sermens d'amour, vœu d'être sage,
Billets payables sans retard,
Jusqu'aux contrats de mariage,
Tout s'écrit sur papier brouillard.

Figeac à son futur beau-père
Disait : — Sandis, s'il faisait beau,
Sur l'autre bord dé la rivière
Vous admirériez mon château;
Mais un nuagé l'environne,
Et nous dérobé ses remparts....
Les biens placés sur la Garonne
Sont presque tous dans les brouillards.

Brouillons tous les vins de la cave,
Brouillons Tonnerre et Malaga,
Brouillons Mâcon, Champagne et Grave,
Brouillons et Madère et Rota;
Que de leurs vapeurs salutaires
Jaillissent des couplets gaillards :
Mais entre nous. mes chers confrères,
Jamais, jamais d'autres brouillards.

~~~~~~

VOEU D'UN IVROGNE.

AIR : Un chanoine de l'Auxerrois.

Si l'eau de la Seine un matin
Venait à se changer en vin ,
(Ce que je n'ose croire)
Puissé-je à l'instant voir aussi
Chacun de mes bras raccourci
Se changer en nageoire ,
Et, troquant ma forme et mon nom
Pour ceux de carpe ou de goujon,
Hé bon, bon, bon,
Devenir poisson,
Pour ne faire que boire !

~~~~~~

COUPLETS

CHANTÉS PAR UN SEXAGÉNAIRE

A JACQUELINE B***,

le 1er du mois de mai, jour de sa fête.

AIR : Dans la paix et l'innocence.

Pour chanter de Jacqueline
Le nom, l'esprit et le cœur,
Vite une chanson badine,
Et qu'on la répète en chœur;
Du doux feu qui me pénètre
Que chacun soit animé;
Au plaisir on doit renaître
Le premier du mois de mai.

C'est l'époque où la nature
Reprend ses riches couleurs,
Où nous voyons la verdure
S'émailler de mille fleurs :
Tour à tour notre patronne
Présente à notre œil charmé
Fleurs de printems, fruits d'automne,
Le premier du mois de mai.

D'après un antique usage,
On voyait en ce beau jour
Un jeune arbre offrir l'image
Du bonheur et de l'amour :
Au lieu des vers que je chante,
J'aurais aussi mieux aimé
Te planter ce que l'on plante
Le premier du mois de mai.

Que t'offrirai-je ? Une rose
Te peindrait mal mon amour ;
Quelques vers sont peu de chose
Pour fêter un si beau jour :
Jacqueline, il fut un âge
Où mon cœur, plus enflammé,
T'en aurait fait davantage
Le premier du mois de mai.

~~~~~~

VERS

ADRESSÉS A M. GODDE (1)

En lui envoyant une loge pour la première représentation du vaudeville
intitulé *La Comédie chez l'Epicier*,
fait en société avec *M. Gentil*.

AH ! qu'il doit être triomphant
L'ami, le protecteur des lettres,
Qui du dernier de nos grands maîtres
A sauvé le dernier enfant !
Quels droits à la reconnaissance
Lui mérite un pareil bienfait !
Hélas ! sans lui c'en était fait ;
Cet ouvrage plein d'éloquence,
De sentiment et de candeur,
Anéanti dès sa naissance,
Expirait avec son auteur !

_____

(1) C'est M. Godde qui, par le hazard le plus heureux,
a arraché à l'oubli la comédie des *Deux Frères*, ouvrage
posthume de Collin d'Harleville.

Heureux mortel qui, de Thalie,
Dans la douleur ensevelie,
Consolant le trop juste deuil,
Avez de la nuit du cercueil
Rappelé Collin à la vie,
Que ce bienfait, digne d'envie,
A dû vous inspirer d'orgueil !
C'est lui seul qui de notre lyre
A dicté les faibles accords ;
A nos couplets venez sourire,
Venez soutenir nos efforts....
Heureux si cette bagatelle,
Qu'avec frayeur nous hasardons,
Vous fait goûter une parcelle
Des plaisirs que nous vous devons !

COUPLETS

A UNE JEUNE MARIÉE.

Air : J'étais bon chasseur autrefois.

Sophie, au gré de nos désirs
L'hymen va couronner ta tête ,
Nouveaux devoirs, nouveaux plaisirs,
Voilà ce que ce dieu t'apprête ;
Pour toi tout change , et dès demain,
Par une douce expérience ,
Tu diras : Du soir au matin ,
Ah ! bon dieu , quelle différence !

Aujourd'hui ton heureux époux ,
Brûlant et d'amour et d'ivresse ,
N'aspire qu'à l'instant si doux
Qui doit le prouver sa tendresse :
Ah ! puisses-tu de ses sermens
Regrettant la vive éloquence ,
Ne pas dire dans quelque tems,
Ah ! bon dieu , quelle différence !

Unis par l'âge et par le cœur,
Que peut-il vous manquer encore?
L'âge fuit; c'est un grand malheur;
Mais le cœur reste à son aurore :
Vieux on s'aime toujours autant,
Soit habitude, soit constance;
On se le prouve moins souvent,
Voilà toute la différence.

COUPLETS

D'UNE JEUNE DAME

à son retour auprès de son mari, après
un voyage de trois mois.

Air du vaudeville dé Lasthénic.

Enfin me voilà de retour;
C'était le seul vœu de mon âme:
Combien il est heureux le jour
Qui rend un époux à sa femme !
Ah! mon ami, je te réponds
Que loin de celui que j'adore
Les jours me paraissent bien longs,
Et les nuits plus longues encore.

Pendant trois mois que j'ai souffert,
Quoique dans le cours du voyage
Mille jeunes gens m'aient offert
De me consoler du veuvage !
Séquestrée ainsi loin de toi,
Hélas ! quel pénible trimestre !
Quelques jours de plus, et, ma foi,
J'aurais pu lever le séquestre.

Mais n'en conçois pas de frayeur;
Embrasse une épouse qui t'aime;
T'en voilà quitte pour la peur,
Et plus d'un n'en dit pas de même.
Ah! ne vas jamais à Paris;
Je ne veux pas te voir paraître
Dans une ville où les maris
Sont presque tous fâchés de l'être.

J'en ai pourtant vus dont jamais
Le tems n'avait éteint l'ivresse;
A chaque instant ils étaient prêts
A faire preuve de tendresse;
Tous les ans leur fidèle ardeur
Double une famille chérie :
Mais mon cher époux, par malheur,
N'était pas de la compagnie.

Puisqu'aujourd'hui tu m'es rendu,
Ami, quel bonheur est le nôtre !
A réparer le tems perdu
Il faut s'occuper l'un et l'autre.
Mais, monsieur, pendant ce tems-là,
Vous-même... Chut ! bientôt, j'espère,
Ce que vous ferez m'instruira
De ce que vous avez pu faire.

ÉPITRE

adressée, le 6 mai 1806, à mademoiselle
ADÈLE CAILHAVA, qui invitait l'Auteur, malade alors, à un souper qu'elle
devait donner le 10, à l'occasion de
l'anniversaire de la naissance de son
père.

PLAIGNEZ, plaignez, aimable Adèle,
Un pauvre auteur souffrant, perclus,
Qui, quoique disciple fidèle
De Bacchus, Comus et Momus,
Ne rit, ne boit, ne chante plus,
Et, dans une alcove cruelle,
Depuis huit grands jours révolus,
A poussé plus d'accens aigus
Que la grammaire n'en recèle :
Pardonnez-moi ce jeu de mots
Que déjà votre esprit rejette ;
Ce sont les seuls jeux qu'en mes maux
Ma triste gaîté me permette ;
Privé de l'usage d'un bras

Par je ne sais quelle foulure ,
De mon mal, qui ne finit pas ,
J'accuse tour à tour , hélas !
La médècine et la nature.
Si du moins je pouvais lundi ,
D'un cercle invité par les Grâces
Et par l'Amitié réuni ,
Clopin-clopant , suivre les traces,
Et mêler ma tremblante voix
A ces chorus bruyans, grivois,
Enfans d'une folie aimable !
Vain espoir ! mon docteur me dit
Qu'il faudra souffrir dans mon lit
Tandis que vous rirez à table.
Mais par le danger que je cours
Je ne me laisse point abattre ;
Du ciel j'implore le secours ;
Puisqu'il fit le monde en sept jours,
Il peut bien me guérir en quatre :
S'il se refuse à mes désirs,
Irai-je troubler vos plaisirs
Par ma sombre mélancolie ?
Et voulez-vous qu'un pauvre auteur,
A votre délire enchanteur

Substituant la tragédie,

Mal à propos se fasse un jeu

De transformer en Hôtel-Dieu

Le joyeux boudoir de Thalie ?

Non, mes amis ; le verre en main,

Chantez l'heureux anniversaire

D'un fidèle ami, d'un bon père,

Et du rival de Pocquelin...

Cailhava , ta gaîté légère

A trompé les ailes du Tems ;

Le laurier, le myrte et le lierre

S'enlacent sur tes cheveux blancs,

Et nous chantons en toi le père

Et des amours et des talens :

Reçois les vœux d'un cœur qui t'aime ;

Crois à ses pénibles regrets...

Avec quelle ivresse j'irais

Te porter mon bouquet moi-même !

Mais non ; au lieu de vins exquis

J'avalerai des boissons fades :

Tu boiras à pleines rasades,

Et tu traiteras tes amis

Mieux qu'un médecin ses malades.

Mais, chers convives, lorsqu'enfin

Vous aurez, pendant le festin,
Epuisé la liqueur vermeille,
Egouttez bien chaque bouteille ;
Et si quelque doigt de vin vieux
S'en échappe encore à vos yeux,
Prenez pitié de ma souffrance,
Et que ces restes précieux
Soient bus à ma convalescence !

Ici Monsieur Denis a une reminiscence.

SOUVENIRS NOCTURNES

DE DEUX ÉPOUX

DU DIX - SEPTIÈME SIÈCLE.

Il avait plu toute la journée, et n'ayant pu aller le soir faire leur partie de loto chez madame CAQUET, sage-femme, rue des Martyrs, monsieur et madame DENIS s'étaient couchés de bonne heure; au bout de vingt-trois minutes madame DENIS, qui ne dormait pas, impatientée du silence obstiné de son mari, qui n'avait pas cessé de lui tourner le dos, soupira trois fois, et prit la parole :

AIR : Premier mois de mes amours.

MADAME DENIS.

Quoi ! vous ne me dites rien ?
Mon ami, ce n'est pas bien;
Jadis c'était différent;
Souvenez-vous-en, souvenez-vous-en...
J'étais sourde à vos discours,
Et vous me parliez toujours.

MONSIEUR DENIS se retournant.

Mais, m'amour, j'ai sur le corps
Cinquante ans de plus qu'alors ;
Car c'était en mil sept cent ;
Souvenez-vous-en, souvenez-vous-en...
An premier de mes amours,
Que ne duriez-vous toujours !

MADAME DENIS se ravisant.

C'est de vous qu'en sept cent un
Une anguille de Melun
M'arriva si galamment ;
Souvenez-vous-en, souvenez-vous-en...
Avec des pruneaux de Tours
Que je crois manger toujours.

MONSIEUR DENIS.

En mil sept cent deux mon cœur
Vous déclara son ardeur ;
J'étais un petit volcan ;
Souvenez-vous-en, souvenez-vous-en...
Feu des premières amours,
Que ne brûlez-vous toujours !

MADAME DENIS.

On nous maria, je crois,
A Saint-Germain-l'Auxerrois ;
J'étais mise en satin blanc ;
Souvenez-vous-en , souvenez-vous-en...
Du plaisir charmans atours,
Je vous conserve toujours !

MONSIEUR DENIS se mettant sur son séant.

Comme j'étais étoffé !

MADAME DENIS s'asseyant de même.

Comme vous étiez coiffé !

MONSIEUR DENIS.

Habit jaune en bouracan ;
Souvenez-vous-en , souvenez-vous-en...

MADAME DENIS.

Et culotte de velours
Que je regrette toujours.

(Continuant.)
Comme en dansant le menuet
Vous tendîtes le jarret !
Ah ! vous alliez joliment ;
Souvenez-vous-en, souvenez-vous-en...

Aujourd'hui nous sommes lourds.

MONSIEUR DENIS.

On ne danse pas toujours.

(S'animant).

Comme votre joli sein
S'agitait sous le satin !
Il était mieux qu'à présent ;
Souvenez-vous-en, souvenez-vous-en...
Belles formes, doux contours,
Que ne duriez-vous toujours !

MADAME DENIS.

La nuit, pour ne pas rougir,
Je fis semblant de dormir :
Vous me pinciez doucement ;
Souvenez-vous-en, souvenez-vous-en ;
Mais à présent, nuits et jours,
C'est moi qui pince toujours.

MONSIEUR DENIS lui offrant une prise de tabac.

Demain, songez s'il vous plait,
A me donner mon bouquet.

MADAME DENIS tenant la prise de tabac sous le nez.

Quoi ! c'est demain la Saint-Jean ?

MONSIEUR DENIS rentrant dans son lit.

Souvenez-vous-en, souvenez-vous-en...
　　Epoque où j'ai des retours
　　Qui me surprennent toujours.

　　　MADAME DENIS se recouchant.

Oui, jolis retours, ma foi!
Votre éloquence avec moi
Eclate une fois par an ;
Souvenez-vous-en, souvenez-vous-en...
　　Encor votre beau discours
　　Ne finit-il pas toujours.

　　(Ici M. Denis a une réminiscence.)

　　MADAME DENIS minaudant.

Que faites-vous donc, mon cœur ?

　　　MONSIEUR DENIS.

Rien... je me pique d'honneur.

　　　MADAME DENIS.

Quel baiser !... il est brûlant...

　　MONSIEUR DENIS toussant.

Souvenez-vous-en, souvenez-vous-en...

MADAME DENIS rajustant sa cornette.

Tendre objet de mes amours,
Pique-toi d'honneur toujours.

Ici le couple bâilla,
S'étendit et sommeilla;
L'un marmotait en ronflant:
—Souvenez-vous-en, souvenez-vous-en...
L'autre : — Objet de mes amours,
Pique-toi d'honneur toujours.

~~~~~~

Ire SOIRÉE DE CADET BUTEUX,

PASSEUX D' LA RAPÉE,

Aux expériences du sieur OLIVIER.

AIR : Voulez-vous savoir l'histoire.

JE n' vois en fait de pestacles,
  Foi d' Cadet Buteux ,
Rien qui vaille les miracles
  D' nos escarmoteux ;
J'en savons un passé maître
  Qu' j'avons vu l'aut' soir ;
Gn'y a qu'un moyen de l' connaître ;
  Et c'est d'aller l' voir.

J' crois que c' luron-là s'appelle
  Monsieur Olivier ,
Et c'est dans la ru' d' Guernelle
  Qu' travaille l' sorcier ;
I' sait vous r' tourner, vous prendre ,
  Qu'on n'y connaît rien ,
Et j' dis qu' s'il ne s' fait point pendre ,
  C'est qu'il le veut bien.

J' pensons un' carte, i' m' la nomme ;
   C'était l' roi d' carreau :
V'là qu' d'un' main il prend z'un' pomme,
   Et d' l'autre un couteau ;
Il la partage, il la montre,
   Et, voyez l' malin !
V'là mon roi qui s'y rencontre
   En guise d' pépin.

C' qu'est pus fort, c'est qu'il prépare
   Un grand verre d' vin,
Et vous l' flanque, sans dire gare,
   Au nez d' mon voisin :
L' diable d' vin s' métamorphose
   En rose, en œillet ;
V'là, m' dis-je en restant tout chose,
   Un vin qu'a l' bouquet.

J' li prêtons, à sa prière,
   Mon castor à glands,
Parc' qu'il avait z'envi d' faire...,
   Un' om'lette d' dans ;
Gn'y a point z'a dire, il l'a faite,
   Et ça sous not' né,
Et, jarni, moi d' voir c't' om'lette
   Ça m'a tout r'tourné.

I' me d'mande que j' li garde
   Six écus tournois ;
J' les prenons ; mais quand j'y r'garde,
   V'là qu'i' m'en manqu' trois ;
On les trouv' dans une aut' poche :
   A Paris, quoiqu' ça,
N' faut point zun' lunett' d'approche
   Pour voir ces coups-là.

Il perce un mouchoir d' percale
   D' la grosseur d'un œuf ;
Il souffle d'sus, il l'étale ;
   Crac, le v'là tout neuf :
Pour nos fill's, ah ! queu trouvaille
   Dans c' siècle de vartus,
Si pour boucher z'une entaille
   N' fallait qu' souffler d'sus !

V'là qu' tout à coup la nuit tombe,
   Et, pour nous réjouir,
J' vois comm' qui dirait d'un' tombe
   D's esquelett's sortir ;
A leux airs secs et minables
   On s' disait comm' ça :
C'est i' d's artist's véritables
   Qui jou't ces rôl's-là ?

Mais avant qu'un chacun sorte
  (Et c'est là l' chiendent)
V'là l' fanfan qui nous apporte
  Deux torches d' rev'nant :
Morgué ! que l' bon Dieu t' bénisse
  Suppôt d' Lucifer !
J' croyions qu' j'avions la jaunisse,
  Tant j'avions l' teint vert.

Bref, c't Olivier zest capable,
  Dans l' méquier qu'i' fait,
D'escamoter jusqu'au diable,
  Si l' diable l' tentait ;
Par ainsi, sans épigrammes,
  Crainte d'accident,
Faut toujours, messieurs et dames,
  S' tâter en sortant.

~~~~~~

IIᵉ SOIRÉE DE CADET BUTEUX.

LA VESTALE,

POT-POURRI EN TROIS ACTES.

Air ; V'là c' que c'est qu' d'aller au bois.

L'aut' matin je m' disais comm' ça :
Mais qu'est-c' qu' c'est donc qu'un opéra?
V'là qu' dans un' rue, au coin d' la halle,
 J' lisons : *La Vestale.*
 Faut que j' m'en régale ;
C'est trois liv's douz' sous qu'ça m'coût'ra..
 Un' vestale vaut ben ça.

Air : Décacheter sur ma porte.

On m' dit qu' la pièce est si triste.
Qu' faudrait, pour qu'on y résiste,
 Avoir un cœur d' rocher ;
Moi qui n'ai d' mouchoir qu' pour me moucher,
 J' vas trouver l' voisin Baptiste,
 Qui m' prête un mouchoir d' batiste.

Air : Tous les bourgeois de Châtres.

L'heur' du spectacle approche ;
J' me r'quinqu' plus vite qu' ça ,
Et, les sonnett's en poche,
J' courons à l'Opéra ;
Mais voyant qu' pour entrer l'on s' bat dans
l'antichambre ,
Je m' dis : Voyez queu chieu d'honneur,
Quand, pour c'te Vestale d' malheur,
J' me s'rai foulé zun membre !

Air du lendemain.

N' croyez pas , ma cocotte,
Qu' tout exprès pour vos beaux yeux
J'allions, à propos d' botte,
M' fair' casser zun' jambe ou deux ;
Je r'vien'rons, n' vous en déplaise...
N' sait-on pas qu'il est d's endroits
Où c' qu'on entre pus à l'aise
La s'conde fois ?

Air : Tarare ponpon.

J' n'ons pas plutôt ach'vé,
Qu' la parole étouffée ,
Par un' chienne d' bouffée
Je m' sentons soulevé ;

_ Le déluge m'entraîne,
Et me v'là zeu deux tems,
Sans billet et sans peine,
Dedans.

AIR : A boire, à boire, à boire.

Silence! silence! silence!
V'là qu' la première acte commence;
Chacun m' dit d' mettre chapeau bas:
Je l' mets par terre, il n' tomb'ra pas.

AIR : Il était une fille.

J' voyons un monastère
Où c' qu'une fill' d'honneur
Etait r'ligieuse à contre-cœur:
C'était monsieur son père
Qui, l' jour qu'il trépassa,
D' sa fille exigea ça....
Hâ!...

AIR : Quoi! ma voisine, es-tu fâchée?

Quand aux règles du monastère
Un' fill' manquait,
On vous la j'tait tout' vive en terre
Comme un paquet:

Si la terre aujourd'hui d'. nos belles
  Couvrait l's abus,
J' crais ben qu' j'aurions pus de d'moiselles
  Dessous que d'ssus.

AIR : Dans les Gardes-Françaises.

V'là zenfin un bel homme,
 Qu'alle avait pour amant,
 Qui r'vient vainqueur à Rome
 Avec son régiment;
 Il apprend que l' cher père
 A cloîtré son objet...
 Il pleure, il s' désespère;
 Mais c'est comm' s'il chantait.

AIR : Traitant l'amour sans pitié.

Dans c' pays-là, par bonheur,
La loi voulait qu'on choisisse
La Vestal' la plus novice
Pour couronner le vainqueur.
—Tu r'viens comm' mars en carême,
Lui dit tout bas cell' qu'il aime,
Pour recevoir le diadème
Du cœur dont t'as triomphé. —

Il veut répondre ; il s'arrête ;
Il la r'garde d'un air bête ,
Et le v'là qui perd la tête
Au moment d'être coiffé (*bis*).

AIR : Bonsoir la compagnie.

Enfin ,
Un serr'ment d' main
Lui dit : — Prends garde ;
On nous regarde. —
Le v'là qui se remet ;
V'là qu'ell' lui met
Un beau plumet.
—A c'te nuit, j' te l' promets.
—A c'te nuit, j' te l' permets.
—Pisqu' la çarimonie ,
Dit l'abbesse, est finie ,
Rentrez dans vot' dortoir ;
Jusqu'au revoir ,
Bonsoir.

AIR : A boire , à boire , à boire.

Silence ! silence ! silence !
V'là qu' la seconde acte commence ,
Et j' vois l'enceinte du saint lieu
Avec un réchaud zau milieu.

Air : J'arrive à pied de province.

On ordonne à la r'ligieuse
  D'entret'nir le feu;
S'il s'éteint, la malheureuse
  N'aura pas beau jeu :
A son devoir ell' s'apprête,
  N'osant dir' tout haut
Qu'elle a ben d'aut's feux en tête
  Que l' feu du réchaud.

AIR : Des fraises.

La v'là seule, et dans son cœur,
  Où qu' la passion s' concentre,
  Elle appelle son vainqueur;
  Mais que d'viendra son honneur
S'il entre, s'il entre, s'il entre ?

AIR : Du baut en bas.

  —Il entrera,
S' dit-elle au bout d'un bon quart d'heure;
  Il entrera,
Et puis après il sortira :
Gn'y a bien assez long-tems que j' pleure;
  Du moins j' dirai,
  S'il faut que j' meure :
  Il est entré.—

Air : Une fille est un oiseau.

Sitôt pris, sitôt pendu ;
Elle court ouvrir la porte :
L'amant, que l' plaisir transporte,
Accourt, d'amour épardu.
—Faut qu' ce soir je t'appartienne ;
J'ai ta parol', t'as la mienne ;
Pus d' feu, pus d' réchaud qui tienne.
—Ciel, m'arracher de c' lieu saint ! —
Bref, mêm' rage les consume ;
Et tandis qu' leur feu s'allume,
V'là-t-i' pas qu' l'autre s'éteint ! (*bis*) .

Air : Au coin du feu.

— O ciel, je suis perdue !
Dit la Vestale émue ;
Gn'y a pas d' bon dieu. —
E v'là qu' la pauvre amante
Tomb' glacée et tremblante
Au coin du feu (*trois fois*).

Air des trembleurs.

Les cris d' la belle évanouie
Donn'nt l'alerte à l'abbaye,
Qui s' réveill' tout ébahie ;
Et l'amant qui s' sent morveux,

Voyant qu'on crie à la garde,
S'esbigne en disant : — Si j' tarde,
Si j' m'amuse à la moutarde,
Nous la gobons tous deux.

Air : Dépêchons, dépêchons, dépêchons-nous.

— Ah ! mamsell', qu'avez-vous fait là!
Dit d'un' voix d' tonnerre
L' révérend du monastère;
Ah ! mamsell', qu'avez-vous fait là!
Vot' feu s'est éteint, mais il vous en cuira.
D'shabillez, d'shabillez, d'shabillez-la;
Son affaire
Est claire ;
Qu'à l'instant même on l'enterre.
Et qu' ça mor..., et qu' ça, mor..., et qu' ça
morbleu,
L'i apprenne une aut' fois à bien souffler son
feu ! —

Air des pendus.

Là-d'sus on lui couv' l'estomac
D'un ling' tout noir qu'a l'air d'un sac;
L'orchest' l'y pince à sa manière
Un' march' à porter l' diable en terre;
Et la patiente, d' son côté,
S' dit tout bas : J' m'en avais douté.

Silence! silence! silence!
V'là qu' la troisième acte commence.
J' vois six tombeaux, sept, huit, neuf, dix?
Qu' c'est gai comme un *De profundis*.

Au clair de la lune
L'amant, tout en l'air,
Sur son infortune
Vient chanter zuu air,
Où c' qu'il dit : — Qu'all' meure,
Et j' varrons beau train !
S'il fait nuit à c't' heure,
Il f'ra jour demain. —

Mais drès que d' la Vestale
Il entend v'nir l' convoi,
Crac, le v'là qui détale...
On n' sait pas trop pourquoi.
Devant la fosse il s'arrête :
On croit que l' pauvr' officier
D' chagrin va s'y j'ter l' premier;
Mais pas si bête !

Air : Le port Mahon est pris.

Du plus haut d' la montagne
   L'enfant
   Descend ;
Tout l' mond' l'accompagne ,
Et tout bas chaqu' compagne
S' dit en allongeant l' cou :
V'là son trou, v'là son trou, v'là son trou,
  Pendant l' *Miserere*
  Qu'entonne m'sieu l' curé,
  Blême et plus morte qu' vive ,
Au bord du trou la Vestale arrive :
  Tout l' monde d'mand' qu'all' vive ;
  L' curé répond : Nenni ,
  N , i , ni , c'est fini.

Air : Bonjour, mon ami Vincent.

—C'tapendant, qu'il dit, j' veux bien
Faire encor queuqu' chos' pour elle ;
Sur c' réchaud où gn'y a plus rien
Mettez l' fichu d' la d'moiselle :
Si l' ling' brûle, on n' l'enter'ra pas ;
S'il n' brûl' pas, ell' n' l'échapp'ra pas.

Vous l' voyez, aucune étincelle
N' vient contremander son trépas :
 Or plus d' débats ;
 Du haut en bas,
Gu'ya point zà dir', faut qu'ell' saute l' pas.

Air : Nous nous marirons Dimanche.

 — Douc'ment,
 Dit l'amant
Qui guettait l' moment,
Faut qu'enfin l' chap'let s' débrouille ;
 C'est moi qu'a tout fait ;
 Grâc' pour mon objet,
Sinon j'ai là ma patrouille.
 Par son trépas
 D'un crim' vot' bras
  Se souille ;
 Si ça n'est pas,
 J' veux qu' mon damas
  Se rouille.
 —Mon dieu, comme il ment !
 Dit la pauvre enfant ;
Ni vu, ni connu, j' t'embrouille. —

—Vite à moi mon régiment ;
   En plein, plan,
    Rlantanplan,
  V'là z'un enterr'ment
   Qu'à l'instant
   Et d'.but en blanc
 Il faut mettre en déroute ;
Battons-nous, coût' qui coûte,
Quoique j' n'y voyions goutte.—
  Mais l' régiment
   Du couvent,
   En plein, plan,
    Rlantanplan,
  Qu'est pour l'enterr'ment,
Répond qu'il vars'ra son sang
  Jusqu'à la dernièr' goutte.
  Pendant queuqu' tems on doute
Qu'est-c' qu'emport'ra la r'doute :
Au bout d'un combat sanglant,
   En plein, plan,
   Rlantanplan,
  Au lieu d' l'enterr'ment,
   C'est l' régiment
    De l'amant
Qui s' trouve être en déroute.

AIR : Il a voulu , il n'a pas pu.

Gn'ya pas d' milieu,
Faut s' dire adieu ;
C'est-i' ça qui vous l' coupe?
Rien que d' les voir,
V'là mon mouchoir
Qu'est trempé comme un' soupe.

AIR : N'est-il , Amour, sous ton empire.

L' pauvre agneau descend dans la tombe ,
Qu' c'est pain béni !
Sur sa tête l' couvercle r'tombe ;
V'là qu'est fini.
Pour si peu s' voir si maltraitée !
L' beau chien d' plaisir !
Et n' la v'là-t-i' pas ben plantée
Pour raverdir ?

AIR : Ciel, l'univers va-t-il donc se dissoudre !

Mais, patatras, v'là z'un éclair qui brille,
Et l'Tout-Puissant, qui j' dis n'est pas manchot,
Pour sauver la pauvre fille ,
Vous lâche un pétard qui grille
L' diable d' chiffon qui pendait sur l' réchaud.

Vive l' Père Eternel,
  Qui d' son tonnerre
  Arrang' l'affaire!
  J' n'y comptions guère;
C'est z'un coup du ciel.

Air : Ah ! mon dieu, que je l'échappe belle!

Ah! mon dieu, que je l'échappe belle!
  Dit en haussant l' cou
  Au-d'sus du trou
  La demoiselle ;
Au bon Dieu j' devons un' fièr' chandelle!
  Car je n' pouvons pas
  M' dissimuler qu' j'étions ben bas.

Air : *O filii et filiæ.*

Tant y a que l' couple s'épousa,
Et qu' chaq' Vestal' dit, voyant ça:
—Quand est-c' qu'autant m'en arriv'ra?
  Alléluia!

~~~~~~

IIIᵉ SOIRÉE DE CADET BUTEUX

AU SPECTACLE DES CHIENS SAVANS.

Air : Ton humeur est, Catherine.

Hier j'ons vu c'te nouvell' salle,
Là z'où c' que , vantez-vous-en ,
Olivier z'et la Vestale
N' sont morgué que d' la Saint-Jean.
Pour voir d's hommes ou d's automates,
J' n'aurions jarni point payé ;
Mais c'est d's artis's à quat' pates,
Et qui n' se mouch't pas du pié.

Qui sort de c'te toile fendue ?
Une walseuse ; ah ! qu'elle est bien !
Mais, si j' nons pas la berlue,
J' crais qu'elle a zun museau d' chien.
Dieu m' pardonne , à sa tournure
Je n' l'aurions point deviné...
Si l'enfant n' sent pas la m'sure ,
C' n'est pas faut' d'avoir du né.

Dans un' forêt d' chaises d' paille
Un aut' chien voudrait percer ;
Comme il court , jappe et s' travaille,
A c'te fin d' la traverser !
Bref , il fait tant qu'il pénètre
D' parc en parc c'te muraill'-là ,
Et m'est avis qu'il faut z'être
Un artis' à poil pour ça.

V'là z'un soldat qui déserte ;
Six chiens lui fris't les mollets...
On l' saisit ; il s' déconcerte ;
Zeste , on li fait son procès ;
Et l' déserteur, qu'on canarde,
Tomb' raid' mort d' la première' main,
Comm' s'il avait par mégarde
Mangé z'un' boulette en ch'min.

L'un s' met deux pieds en écharpe,
Et court plus vite que l' vent...
Ravel avec ses sauts d' carpe
En aurait-il fait zautant ?
Un aut' vient danser l'all'mande,
Et d' tous les canich's qu'on voit,
Pas un qui, lorsqu'on l' demande,
N'sach' son rôl' sur l' bout du doigt.

Et c't aut' mâtin qui s'cramponne
Sous un globe d' feu qui part....
C'est Garnerin z'en personne :
Ferme au post' comme un César,
Il n' lâch'ra pas qu'on n' l'assomme,
Et dans l'occasion j' maintiens
Que c' fanfan-là n'est point z'homme
A laisser sa part aux chiens.

Mais c'est dans l'assaut d' la place
Qu'il faut les voir travailler ;
Pour leur donner tant d'audace
Comme on a dû l's étriller !
C'est pis qu' des lions , pis qu' des diables
Quand ils sont en train z'un' fois..
Parlez-moi d' soldats semblables
Pour mettre un' place aux abois !

A Paris c'est z'un miracle
Quand un théâtre va bien ;
Chaq' directeur de spectacle
Dit que c'est z'un métier de chien :
Mais , sans exposer sa rente ,
J' crais ben qu'on peut z'engager
Une troupe qui s' contente
D'avoir un os à ronger.

Gn'ya pourtant z'un point qui, j' pense,
N'aurait pas dû s'oublier...
Quand une entrepris' commence,
Il est bon d' la publier,
Et, pour piquer la pratique,
Je n' sais comment l' directeur
A la porte d' sa boutique
N'a pas mis un aboyeur.

~~~~~~

IVᵉ SOIRÉE DE CADET BUTEUX

A LA TRAGÉDIE D'ARTAXERCE.

Air des Folies d'Espagne.

ÉCOUTEZ-MOI, vous tous qui d'Artaxerce
N' connaissez point la tragédie en vers ;
C'est, voyez-vous, un ouvrage qui perce...
L'âme d' tous ceux qui n' l'ont point à l'envers.

AIR : Aussitôt que la lumière.

Dans c'te pièce gn'ya z'un père
Qui d'abord, d'un air en d'sous
Vient nous dire qu'à la guerre
Son garçon fait les cent coups,
Et qu'un jour dans un' mêlée
Sans lui, du vieux roi Xerxès,
Les enn'mis auraient d'emblée
Envoyé l' fils *ad patres.*

14

AIR : *J'ons un curé patriote.*

Faut, dit-il, qu'enfin j' m'hasardo
A faire un coup digne d' moi:
V'là z'assez long-tems qu' la garde
S' monte à la porte du roi;
Sitôt qu' mon fils arrivr'a,
C'est pour lui qu'on la montr'a ,
Et Xerxès *(ter)* la descendra. *(ter)*

AIR : *Oui, je suis soldat moi.*

Oui, qu'il règne aujourd'hui,
  Maugré qu'on en glose ;
Quand on s'est battu comm' lui ,
  C'est bien la moindre chose. —
Sur c' mot-là son fils paraît :
  V'là qu'Artaban l'embrasse,
Et qu' tout plein d' son beau projet,
  Il lui dit : -- Cher Albace ,
J'entendous qu' tu sois roi,
  Maugré qu'on en glose ;
Quand on s'est battu comm' toi,
  C'est beu la moindre chose.

AIR : Bon, bon, mariez-vous.

— Ah ! papa , pourriez-vous bien...
— Mais paix donc ! faut du mystère.
— Mais , papa , c'est z'un coup d' chien.
— Paix ! qui n' risque rien n'a rien.
Nous , nous , nous , nous sommes six,
Qui nous chargeons d' tuer l'père ;
Tu , tu , tu , tu tûras l' fils ,
Et j'aurons l' trône *gratis*...
— Ah ! papa , pourriez-vous bien...
— Mais paix donc ! faut du mystère.
— Mais , papa , c'est zun coup d' chien.
— Paix ! qui n' risque rien n'a rien.

AIR : J'arrive à pied de province.

V'là qu' pour faire ton commerce ,
  T'arrives tout chaud.
C'est qu'à la tête d' la Perse,
  N' faut point zun manchot !
L' maintien de c' peuple indocile
  D' mande un autre bras ;
Xerxès est un imbécile ;
  Tu lui succéd'ras.

Air du Vaudeville d'Arlequin Cruello.

— Hé quoi ! lorsque je m' suis battu
    Contre vent et marée ,
Vous voudriez voir ma vertu
    Ainsi déshonorée !...
Après avoir vengé mon roi ,
    Puni les enn'mis d' sa loi ,
    J'aurais l'âme assez fausse
Pour aller comm' ça d' but en blanc
    D' sa majesté percer le flanc !
    Papa , (*bis*) ça s'rait gâter la sauce.

Air : Sur l' port avec Manon un jour.

—Quand j' te dis qu' tes fait pour régner,
Ainsi gn'ya point zà barguigner;
Songe qu'il y va de ta gloire...
— Tuer l' pèr' par-ci , tuer l' fils par-là ,
    Je n' vois , papa ,
    Pas d' gloire à ça...
    L' premier vaurien
    Qui m'a dit qu' je f'rais bien ,
J' li ai cassé la gueule et la mâchoire. —

Air : Courons d' la brune à la blonde.

Là-d'sus le papa, qui s' damne,
Connaissant l' faible d' l'enfant,
Quand il d' mande à voir Mandane,
Lui dit que le roi l' défend.
— Jarni! c'est ainsi qu'il m' traite,
Dit l' jeune homme tout en feu,
Et je serions assez bête!...
    Non , morbleu!
    Non , corbleu! —
  Berdi , berda ,
Patati , patata ;
    Le papa,
    Croyant qu' ça
    L'irritr'a ,
    L' décid'ra ,
    Le plant' là ,
    Et s'en va...
Mais l jeune homme est honnête.

Air : La bonne aventure.

Las d' s'avoir tant fatigué
  Sans toucher son âme,
D' l'avoir en vain harangué
  Pour l' succès d' sa trame ,

L' papa r' vient l'air intrigué,
L'œil hagard et l'visag' gai
    Comme un mélodrame,
      O gué!
    Comme un mélodrame.

AIR : Lise épouse l' beau Gernance.

— Ah ! te v'là , qu'il dit ; silence !
Va-t-en... reste... la couronne...
La vengeance... c'est fini...
La nature... c'est pour toi...
On vient... c'est égal... Que dire ?
— Mais répond l' fis étonné,
Tout c' que vous dit's là , mon père,
N'a ni rime , ni raison. —

AIR : Réveillez-vous, belle endormie.

Bref , par sa main il nous dit comme
Le roi vient d'être poignardé...
Il fallait que le pauv' cher homme
Fût ce jour-là bien mal gardé.

AIR : Du haut en bas.

    — Le roi z'est mort !
Répond le jeun' héros qui bisque ,
    Le roi z'est mort !

Ah ! papa., c'est z'un peu trop fort ;
N' savez-vous pas le danger que j' risque...
Vous n' fûl's jamais mou père , pisque
  Le roi zest mort !

AIR : Pierrot sur le bord d'un Ruisseau.

-- Queu trait d'sournois ! queu rag' d'enfer !
  C' coup diabolique
  D'viendra du tragique...
Si dans vos mains on trouve c' fer,
Vous s'rez pendu , rien n'est plus clair.
  Daignez permettre
  Qu' j'aille l' mettre
  Dans certain coin
Où je n' crains pas. d' témoin... --
Et crac, le v'là qui s'enfuit l'arme au poing...
Ha ! ha ! comme on n' le verra point !

AIR : Ya de l'ognon.

Il s'esbigne en cachette ;
Mais au bas d' la maison
Un' patrouille , en vedette ,
Surprend l' pauvre garçon...
  Ya de l'ognon, (ter)
  D' l'oguette...
  Ya d' l'oguon.

C'est lui , dit-on sur l'heure ,
C'est lui qu'à tué l' patron...
Il faut , il faut qu'il meure ;
Ce n' s'ra pas sans raison...
 Ya d' l'ognon ; (*ter*)
  Il pleure...
 Ya d' l'ognon.

AIR : A la façon de Barbari.

V'là qu'on amène l' criminel
 Par-devant z Altaxerce...
Mais , voyez l' respect paternel !
Pas d' danger qu' rien n' transperce.
— J' vois trop qu'il n'est pas innocent.
 Dit l'juge en l' chassant ;
 Qui n' dit mot consent.
Et toi , ma sœur , toi dont pour lui
  Aujourd'hui
L'amour s'était encore accru,
  L'euss'-tu cru ? —

AIR : J'ai perdu mon âne.

— Hé quoi, dit Mandane ,
 Vot' bouche l' condamne !
Mais j' vous dis devant témoins
Que c' n'est là ni plus ni moins
 Qu'un jugement d'âne. —

Air de Marcellin.

— Ne l'a-t-il pas sauvé le jour ?
Sans lui l' destin tranchait ta vie ;
Sans lui j' te perdais sans retour ;
La lumière t'était ravie ;
L'air qu' tu respires tu l' lui dois :
Si j' le r'vois c'est lui qu'en est cause... ---
Enfin la pauv' sœur, aux abois ,
Disait toujours la même chose.

AIR : A la papa.

--- Qu' tes discours sont éloquens!...
Dit à la sœur ce bon frère :
S'rait-il revenu des camps
Pour des crim's si conséquens ?
C'est des cancans.
Artaban qu'est là
Décidera l'affaire...
Et puisque le v'là,
Il va nous juger ça
A la papa. --- (*bis.*)

AIR : Je vous comprendrai toujours bien.

N' sachant trop sur queu pied danser,
V'là z Artaban qui perd la tête :
Il demand' la permission de walser...
V'là z'Altaxerce qui l'arrête.

Accusé du crime infernal ,
Albac' paraît , tout l' monde tremble ,
Et , pour remplir le tribunal ,
V'là l' papa tout seul (*ter*) qui s'assemble.

AIR : Quoi ! vous ne me dites rien.

--- A l'av'nir , dit-il , mon fils ,
Suivrez-vous mieux mes avis ?
Qu' vous conseillait Artaban ?
Souvenez-vous-en , souvenez-vous-en...
Vous avez fait des façons ,
Et nous v'là jolis garçons !

AIR : Cadet Roussel est bon enfant.

--- Allons , dit l' prince , il faut parler.
--- Allons , dit l' père , il faut parler. ---
--- Songe , dit l'un , à n' pas r'culer. ---
--- Parle , dit l'autre , sans t' troubler :
Si t'es innocent , j' te pardonne :
Sinon c'est ton trépas qu' j'ordonne. ---
Mais , mais , fort heureus'ment
L'fils de Xerxès est bon enfant.

AIR : O Richard , ô mon roi !

--- O mon ch' père ! ô mon roi !
Qu' voulez-vous que j' vous dise ?
C' n'est pas moi , non , non , c' n'est pas moi
Qu'ai fait un' pareille sottise. ---

Là d'sus l' père interdit
Le r'gard' d'un œil qui dit :
— N' vas pas faire encore un' bêtise.
  — O mon ch' père, ô mon roi !

AIR : C'est un enfant.

— Veux-tu parler ? réplique l' prince.
— Non, répond-il ; je ne sors pas d' là :
— Nomme l' coupable, qu'on le pince.
— S'il en faut zun, hé ben, me v'là ;
  Qu' l'on m' mène au supplice
  Ou qu'on m'ensev'lisse
Dans un cachot, *in sœcula*...
  Je n' sors pas d' là. (*bis*)

AIR : Si Dorilas.

— J'opinons pour qu' l'accusé meure,
Dit l' père en roulant de gros yeux. —
— En c' cas-là, qu' ça soit tout à l'heure ;
Dit l' fils en l'vant les bras aux cieux.
— Jarni, l'étonnant caractère !
Dit l' prince en sortant à grands pas...
V'là z'un fils comme on n'en voit guère,
Un papa comme on n'en voit pas. —

Air: J' commençons à m'apercevoir.

Mais dans l' tárrible désespoir
　　Où l' met la mort d' son père ,
　　Savez-vous c' qu'il va faire ?
Vite, sur l' trône il va s'asseoir,
　　　V'là c' qui s'appelle
　　　Un fils fidèle !
　　　V'là c' qui s'appelle
　　Un fils , fi , fi , fidèle !
Au lieu d' perdre l' tems en regrets
Sur un malheur encor tout frais ,
Voyez (*bis*) comme un quart d'heure après
　　　C' bon fils est pressé d' faire
　　　Comme faisait son père !

Air du Ballet des Pierrots.

Mais Artaban , qui sait qu' la mode
Quand on s' fait roi c'est d' boire un coup,
S'avis' d'un expédient commode
Pour s' tirer d'affaire tout à coup ;
Certain du succès d' l'entreprise,
Il s' dit tout bas : — Ah , queu bonheur!
Avant qu' mon fils boiv' ma sottise,
L' cher prince aval'ra la douleur. —

Air: Nous nous marirons dimanche.

Il va pour sortir ;
Crac , il voit s'ouvrir
Deux superbes rideaux d' Perse ;
Moi j' pense d'abord
Qu' c'est l' lit du mort...
C'est l' couronnement d'Altaxerce.
Quel appareil !
Gny'a zun soleil
En face ,
Un p'tit buffet
Sur lequel est
Un' tasse ,
Et vingt-cinq soldats ,
La hall'barde au bras .
Qui r' présentent l' peuple en masse.

Air: Tous les bourgeois de Châtres.

L' prince allait boir' la tasse ,
Quand un garde du corps
Vient lui dire qu'Albace
Fait le diable au-dehors ;
Qu'il a de sa prison fui zà la dérobée ;
Qu'il porte partout l' fer et l' feu ,
Et qu' si le roi n' se montre un peu ,
Sa couronne est flambée.

15

Air : Mon père était pot.

— Ah ! dit Mandane en accourant,
Qu'Albace est un fier homme !
Criant ; courant de rang en rang,
Mill'zyeux ! il faut voir comme,
Pour l'amour de toi,
D' sa belle et d' son roi,
Il renverse et vous perce
Jusqu'en ce palais,
Mon frère, tous les...
Tous les enn'mis, d' la Perse.

Air : Le saint craignant de pécher.

Eh ! t'nez, messieurs, vous l' voyez...—
Sur c' mot v'là qu'Albace
Se présente, et tombe aux pieds
D' son roi qui l'embrasse.
— Mais, dit c' bon prince au vainqueur,
J'ai toujours papa sur l' cœur...
Vers le ré, ré, ré,
Vers le gi, gi, gi,
Vers le ré,
Vers le gi,
Vers le régicide...
J' veux qu' ton bras me guide.

Air : Je n' saurais danser.

— Je n' saurais l' nommer,
Non, répond-il, non, morguienne !
Je n' saurais l' nommer,
Quand on devrait m'assommer ;
Mais si vous pensez
Qu' la mort du roi d'mand' la sienne,
Je l'aimons assez
Pour payer les pots cassés. —

Air : Avale, avale, avale, avale.

Hé bien, dit l' roi,
J' m'en rapporte à ta foi ;
Mais c' peup' qu'est là
Veut une aut' preuve qu' ça.
Tu sais comment :
J' prêtons ici serment ?
Bois ce flacon
Pour dissiper l' soupçon ;
C'est z Altaxerce qui t'régale ;
Avale, avale, avale, avale, avale, avale... —
L'aut', qui n'en peut plus,
Dit qu: ça n'est pas de r'fus.

Air du Vaudeville du Sorcier.

L' jeune homme, auparavant que d' boire,
Jure au public qui l' contemplait,
Qu'il n'a pas fait d' brèche à sa gloire,
Qu' ses mains sont blanches comm' du lait.

A c' mot il va pour boir' la tasse :

L' papa sur lui tomb' tout à coup ,

Et s' résout

A boir' tout

D'un seul coup...

— Ah ! dit tout l' monde , queu grimace !

J' vois d' quoi zi' r'tourne ; il a l' frisson...

C'est d' la poison, c'est d' la poison. (*bis*)

Air du Pas redoublé.

— Gageons dit Mandane en pleurant ,

Qu' c'est lui qu'a tué not' père.

— Et n' me r'merciez pas dit l' mourant,

Si j' n'ai pas tué vot' frère :

Cont' son sort on a beau r'gimb'er ,

Jamais on n' s'y dérobe ;

J' voulais la lui faire gober...

Et c'est moi qui la gobe.

Air : Cœurs sensibles , cœurs fidèles.

Altaxerce... je suscombe...

Au v'nin... qu' j'allais te r'passer...

Me v'là... zun pied... dans la tombe;

L'autre... y va bientôt... passer...

Bonsoir donc. — La toile tombe

Sitôt qu'il a trépassé...

Requiescat in pace.

~~~~~~ ~~~~~~~~~~~~~~~~~~~~ ~~~~~~~~~~~~

IES CHATEAUX EN ESPAGNE.

Air des Triolets.

JE voudrais pour mon entretien
N'avoir que mille écus de rente ;
Deux amis, y compris mon chien,
M'aideraient à manger mon bien,
Que confondrait avec le sien
Une douce et jeune parente.
Dieux, pour qu'il ne me manque rien,
Donnez-moi mille écus de rente !

J'aimerais pourtant beaucoup mieux
Avoir deux mille écus de rente,
Dans un boudoir délicieux,
Jusqu'à trente ans quel train joyeux?
Petite cave de vin vieux
Me rajeunirait à soixante.
Oui, je le sens, pour être heureux
Il faut deux mille écus de rente.

Mais on dit que le jeune Armand
A dix mille livres de rentes ;
Dans un cabriolet charmant
Il se promène mollement ;
Chantant, dansant, buvant, aimant,
Il charme ainsi sa vie errante.
Bornons-nous donc décidément
A dix mille livres de rente.

C'est pourtant un bien bel avoir
Que vingt mille livres de rente !
Ce lot comblerait mon espoir ;
J'aime beaucoup à recevoir,
Et tout Paris viendrait me voir :
D'ailleurs mon voisin en a trente ;
Or le moins que je puisse avoir,
C'est vingt mille livres de rente.

Mais pourquoi Mondor, sans parens,
A-t-il vingt mille écus de rente ?
Je me marîrai ce printemps ;
Dans dix ans j'aurai treize enfans,
Car ma femme n'a que seize ans,
Et ma femme est, ma foi, charmante.
A mon tour enfin je prétends
Avoir vingt mille écus de rente.

Mais rien n'est tel pour vous lancer
Que cent mille livres de rente
Comme cela vous fait percer !
Vous êtes certain de passer
Pour mieux écrire et mieux penser
Que tous les savans qu'on nous vante.
Je ne puis donc pas me passer
De cent mille livres de rente.

A présent me voilà jaloux
D'avoir cent mille écus de rente :
Si je les avais , entre nous ,
Ce serait pour vous loger tous ,
Et tenir au milieu de vous
Table splendide et permanente.
Jugez donc s'il me serait doux
D'avoir cent mille écus de rente !

Mais pour moi , (puis-je l'oublier!)
Il est une plus douce rente ;
Voici le jour de mon quartier ;
Le plaisir va me le payer ;
Je vis depuis un mois entier
Dans cette espérance enivrante :
Votre Apollon est mon banquier ,
Et je touche aujourd'hui ma rente.

~~~~~~

COUPLET

D'UNE JEUNE FEMME A SON AMANT,

En lui adressant une lettre.

Dans cette feuille de papier
Je vois ton image chérie :
Comme elle tu sais te plier
Aux caprices de ton amie.
Elle est aussi de mon amour
La dépositaire fidelle ;
Mais, hélas ! je crains bien qu'un jour
Tu ne sois aussi léger qu'elle.

~~~~~~

LES CHIENS MUSELÉS.

VAUDEVILLE MORAL.

Air : J'ons un curé patriote.

O<small>H</small> ! quel attirail fantasque !
Sommes-nous dans les jours gras ?
Quoi ! tous les chiens ont un masque !
— C'est pour qu'ils ne mordent pas.
— Si l'on eût su tout prévoir,
Ah ! combien on pourrait voir
     De chrétiens (*bis*)
  Muselés comme des chiens !
 Oui, muselés comme des chiens ! } *Bis en chœur.*

Voyez-vous ce bon apôtre
A l'œil tendre, au ton mielleux,
Flattant l'un, caressant l'autre,
Et les déchirant tous deux !
Sa dent ne ménage rien.
  Amis, muselez-le bien ;
     C'est un chien (*bis*)
  Sous la forme d'un chrétien ;
 Oui, c'est un chien, oui, c'est un chien.

Et ce triste parasite,
Faux ami, franc animal,
Qui vous dédaigne et vous quitte
Dès que vous le traitez mal !
Pour qu'il ne mange plus rien,
Amis, muselez-le bien ;
    C'est un chien (*bis*)
Sous la forme d'un chrétien ;
Oui, c'est un chien, oui, c'est un chien.

Et ce fat dont l'âme impure,
Reniant son Créateur,
Sans frémir, de la nature
Ose blasphémer l'auteur !
Arrêtez-moi ce païen ;
Amis, muselez-le bien ;
    C'est un chien (*bis*)
Sous la forme d'un chrétien ;
Oui, c'est un chien, oui, c'est un chien.

Et ce poëte à la rame,
Fier d'un succès acheté,
Qui consacre au mélodrame
Sa féconde nullité !

Pour qu'il ne déclame rien,
Amis, muselez-le bien ;
   C'est un chien (*bis*)
Sous la forme d'un chrétien ;
Oui, c'est un chien, oui, c'est un chien.

Et cet avocat sans âme
Acheté, vendu vingt fois,
Pour un criminel iufâme
Invoquant l'appui des lois !
Pour qu'il n'invoque plus rien,
Amis, muselez-le bien ;
   C'est un chien (*bis*)
Sous la forme d'un chrétien ;
Oui, c'est un chien, oui, c'est un chien.

Et ce bavard d'empirique,
Empoisonneur patenté,
Des drogues de sa boutique
Infectant notre santé !
N'en déplaise à Galien,
Amis, muselez-le bien ;
   C'est un chien (*bis*)
Sous la forme d'un chrétien ;
Oui, c'est un chien, oui, c'est un chien.

Et ce zoïle qui tue
Jusqu'au germe des talens,
Qui chaque jour prostitue
Et sa plume et son encens !
Pour qu'il ne morde plus rien,
Amis, muselez-le bien ;
   C'est un chien (*bis*)
Sous la forme d'un chrétien ;
Oui, c'est un chien, oui, c'est un chien,

Et ce fléau de la scène,
Dont l'intrépide sifflet
A Thalie, à Melpomène
Tous les soirs donne un soufflet !
Pour qu'il ne siffle plus rien,
Amis, muselez-le bien ;
   C'est un chien (*bis*.)
Sous la forme d'un chrétien ;
Oui, c'est un chien, oui, c'est un chien.

Et cet ami charitable
Qui d'un époux malheureux
Va par un rapport coupable
Sottement ouvrir les yeux !
Pour qu'il ne rapporte rien,

Amis, muselez-le bien ;
  C'est un chien (*bis*)
Sous la forme d'un chrétien ;
Oui, c'est un chien, oui, c'est un chien:

Et cet acteur emphatique
Dont le pas fait tout trembler,
Qui, burlesquement tragique,
Aboie au lieu de parler !
Oh ! le plaisant tragédien !
Amis, muselez-le bien ;
  C'est un chien (*bis*)
Sous la forme d'un chrétien ;
Oui, c'est un chien, oui, c'est un chien.

Et ce sot que rien n'enflamme,
Et que n'ont jamais tenté
Ni les grâces d'une femme
Ni la croûte d'un pâté !
Nous n'en ferons jamais rien ;
Amis, muselez-le bien ;
  C'est un chien (*bis*)
Sous la forme d'un chrétien ;
Oui, c'est un chien, oui, c'est un chien.

Et ce traiteur sec et maigre
Qui , réformant chaque plat ,
Pour vin donne du vinaigre ,
Et pour lièvre sert du chat !
Pour l'honneur épicurien ,
Amis , musclons-le bien ;
    C'est un chien (*bis*)
Sous la forme d'un chrétien ;
Oui , c'est un chien , oui , c'est un chien.

COUPLETS

pour la Fête de M. DUCRAY-DUMINIL,
le jour de saint François son patron.

AIR : J'arrive à pied de province.

PUISQUE c'est François que s' nomme
   Ducray-Duminil,
Faut détacher à c' brave homme
   Un' chanson qu' ait l' fil ;
J' n'avons pas la suffisauce
   D' nous croire d' la voix,
Mais il aura d' l'indulgeuce ;
   C'est un bon François.

François Premier fut un prince
   Aussi bon qu' puissant ;
Not' ami, qui n'est pas mince,
   N'est pas moins bienf'sant,
Et la belle Ferronière
   Dont c' monarq' fit choix,
N' valait point la parsonnière
   D' not' ami François.

Jarni ! c'est qu' faut voir la trogne
   De ce luron-là !
C' n'est point qu' ça soit z'un ivrogne...
   Incapable d' ça.
Mais à son ventre d' chanoine ,
   A son air grivois ,
On s'dit : C'est l' fils d' saint Antoine
   Ou bon d' saint François.

Ici l'on viendrait d'un' lieue
   Sans en êt' prié ,
Pour François gu'ya toujours queue
   Comm' pour sa moitié :
C'est l' plaisir qui nous y attire ,
   Et pas d' jour dans l' mois
Qu' l'Amour ou l'Amitié n' tire
   L' cordon d' saint François.

Parl'rai-j'-t-il d' sa *Maisonnette* ?
   D' *Lolotte et Fanfan* ?
J' dirais c' que chacun répète :
   Ah , l' joli roman !
Pour le génie et la science
   Gu'y a sur lui qu'un' voix ,
Et lorsqu'il écrit c' qu'il pense ,
   C'est en bon François.

François est rond en affaires,
   Rond en embonpoint,
Rond en discours, en manières,
   Bref, rond en tout point;
Et quoiqu'en amour je l' pense,
   Un rusé matois,
Moi, j' suis franc, gn'y a point z'en France
   Un meilleur François.

~~~~~~

IL FAUT BOIRE ET MANGER.

AIR : Ça n' dur'ra pas toujours.

DISCIPLES d'Epicure ,
Suivons sans déroger
Cette loi que Nature
Sait si bien propager :
Il faut boire et manger (*quatre fois*).

Puisqu'on ne voit sur terre
Qu'ennui, peine et danger,
Amis , que faut-il faire
Pour ne pas y songer ?
Il faut boire et manger.

Amour, gloire, richesse,
Votre charme est léger ;
Le seul qui me paraisse
N'être pas mensonger ,
C'est de boire et manger.

Lorsque notre maîtresse
S'avise de changer,
Pour narguer la traîtresse,
Qui croit nous affliger,
Il faut boire et manger.

Verrait-on de ce monde
Tant d'hommes déloger,
S'ils chantaient à la ronde
Avant de s'égorger :
Il faut boire et manger?

Mœurs, usages, costume,
Tout finit par changer ;
Il n'est qu'une coutume
Qu'on ne peut négliger :
C'est de boire et manger.

Quel est du pauvre hère
Le bonheur passager,
N'eût-il que de l'eau claire,
Et qu'un os à ronger ?
C'est de boire et manger.

J'ai, par terre et sur l'onde,
Visité l'étranger;
Dans tous les coins du monde
Où j'ai pu voyager,
J'ai vu boire et manger.

Amant, qui te disposes
A l'heure du berger,
Veux-tu de quelques roses
Voir ton front s'ombrager?
Il faut boire et manger.

Fi du docteur maussade
Qui, pour mieux le gruger,
Soutient à son malade
Qu'il ne peut sans danger
Ni boire ni manger!

De Paris jusqu'en Chine
On aime à vendanger;
De Rome en Cochinchine
On court au boulanger:
Il faut boire et manger.

Jusqu'à l'heure fatale
Où le noir messager
Dans sa barque infernale
Viendra tous nous ranger,
Il faut boire et manger.

~~~~~~

CONSEILS

A UNE COQUETTE.

ECOUTE-MOI, jeune Sophie,
Non comme un ennuyeux censeur,
Mais comme un ami qui t'en prie ;
Fais un effort en ma faveur,
Et réfléchis une fois dans ta vie.
    Tu sais qu'il ne faut que te voir
    Pour qu'à l'instant même on t'adore ;
    Tu consultes trop ton miroir
    Pour pouvoir t'ignorer encore ;
    Mais ton miroir ne t'a pas dit
    Que tu serais bien plus jolie
    Si tu joignais à ta folie
    Plus de bon sens et moins d'esprit.
De bonne foi, comment veux-tu qu'on aime
    Un jeune objet qui tour à tour
Accueille deux amans et leur sourit de même ?
    Il est aimé le premier jour,
Négligé le second, oublié le troisième.

Tes grâces, qu'embellit un aimable abandon,
Ont souvent au désir fait céder la raison ;
  Mais le cœur ne prend point le change,
  Et tôt ou tard l'amour se venge
 Des traits qu'on lance au mépris de son nom.
Je vois dans ton fichu, qui souvent se dérange
Pour mieux montrer un sein dont tu sais le
    pouvoir,
L'étendard sous lequel le matin je me range,
Et que pour un plus doux je déserte le soir.
  Lorsque sous cette mousseline,
Que le zéphyr agite et soulève à son gré,
J'ai long-tems admiré cette jambe divine
 Dout le contour m'a d'abord enivré,
Glacé par ton dessein que bientôt je devine,
  En riant je me dis tout bas :
 Pourquoi faut-il qu'une jambe si fine
  Auprès de moi perde ses pas ?
  Cesse donc, aimable Sophie,
De recourir à cet art imposteur
Que le besoin de plaire offrit à la laideur,
Et que doit dédaigner une femme jolie.
De la simple candeur, pour charmer, suis la loi ;
 La modestie est le fard d'une belle ;
  Sois sensible et surtout fidèle :
  La nature a tout fait pour toi ;
 Fais donc quelque chose pour elle.

~~~~~~

A CHRISTINE,

sur un ruban que l'Auteur lui avait
dérobé.

CHRISTINE, à vos genoux vous voyez un
    coupable,
L'auteur d'un vol bien grand...Je crains votre
    courroux;
Cependant ce larcin, ce vol impardonnable,
Consiste en un ruban ; mais il était à vous,
   Quel diadême à ce titre si doux ,
A ce ruban chéri peut être comparable ?
On devine aisément quelle en est la couleur:
Christine, vous l'aimez , et personne n'ignore
Que le rose toujours fut la couleur de Flore;
    Pour son éclat, pour sa fraîcheur
On rapporte qu'Hébé le chérissait encore :
Vous avez conservé les goûts de votre sœur.
    Je ne sais dans votre parure
Quelle place occupait ce ruban fortuné;
Mais soit que par vos mains en turban façonné,
Captivant les trésors de votre chevelure,
D'une jeune sultane à notre œil étonné
Il retraçât en vous la charmante tournure,

Ou bien qu'en nœuds brillans dans ses jolis
           contours
Il nuançât les lis d'un sein qu'on idolâtre.
Ou, plus heureux encor, qu'il carressât l'albâtre
D'une jambe arrondie, ouvrage des Amours,
Sa place près de vous était digne d'envie,
Et pour la posséder j'aurais donné ma vie :
    Mais ce bonheur n'était pas fait pour moi,
Et, d'un fatal désir trop coupable victime,
      Je pense encor, non sans effroi,
      A l'énormité de mon crime.
   Mais quand sur vous mes regards attachés
Attestent dans mon sein le feu qui me tour-
      mente,
   Lorsque ma bouche amoureuse et brûlante
Ne peut même effleurer vos charmes trop
      cachés,
Quand bientôt par un autre (ô pensée acca-
      blante !)
Ils me seront peut-être à jamais arrachés,
Pouvez-vous m'envier la douceur consolante
De caresser au moins ce qui les a touchés ?
Mais à votre courroux si ce larcin m'expose,
   Si ce ruban vous était précieux,
Pour ne pas vous déplaire, oui, j'atteste les
      dieux
Que j'aurais mieux aimé vous voler autre chose.

COUPLETS

faits en société avec M. Moreau pour
la fête de M. CHAUVEAU–LAGARDE.

Air : Eh ! voilà la vie.

LORSQU'EN c' jour de fête ,
Tout m'impos' la loi
D' faire un' chansonnette ,
Trop heureux, ma foi,
Si Chauveau-Lagarde
        La garde , (bis)
Si Chauveau la garde
Pour se souv'nir de moi.

Chez Thémis charmée ,
C't appui d's innocens
Doit sa renommée
A ses seuls talens ,
Et Chauveau-Lagarde
        La garde ,
Et Chaveau-Lagarde
La gardera long-tems.

Voit-il une fille ?
Notre ami soudain
Sur elle en bon drille
Jette le grapin ,
Et Chauveau-Lagarde
     La garde, (*bis*)
Et Chauveau la garde
Jusques au lendemain.

Arriv'-t-il qu'un drôle
Veuill' vous mettre à sec ,
Il prend la parole
Sans craindre d'échec ,
Et Chauveau-Lagarde
     La garde , (*bis.*)
Et Chauveau la garde
Pour lui clorre le bec.

Gn'y a jamais d' dispute
Chez ce luron-là ,
Et dans aucun' lutte
Personn' n'appell'ra
Chez Chauveau-Lagarde
     La garde , (*bis*)
Chez Chauveau la garde
Pour mettre le holà.

Gn'y a-t-il un' couronne
Pour l' talent l' plus beau,
Chacun l'ambitionne ;
Mais l' dieu du barreau,
Pour Chauveau-Lagarde
　　La garde, (*bis*)
Pour Chauveau la garde,
La garde pour Chauveau.

A-t-il une pièce
De vin vieux exquis,
En cave il la laisse
Pour doubler son prix,
Et Chauveau-Lagarde
　　La garde, (*bis*)
Et Chauveau la garde
Pour ses meilleurs amis.

C'est pour l'innocence
Et lætitiam
Qu'il r' çut l'existence ;
Amis, *utinam*
Que Chauveau-Lagarde
　　La garde, (*bis*)
Que Chauveau la garde
In vitam æternam !

~~~~~~

LE CARILLON BACHIQUE.

Air : Et zig et zig, et zig et zog , et fric, et fric et froc.

(*Tous les convives doivent trinquer en mesure à chaque refrain.*)

Et tic, et tic et tic, et toc, et tic, et tic et toc;
   De ce bachique tintin
   Vive le son argentin !   } *bis.*

   De la harpe enchanteresse,
   Du clavier qu'une main presse
   Le charme entraîne et séduit ;
  Mais, chers convives, je nie
   Qu'il existe une harmonie
   Plus touchante que ce bruit :
Et tic, et tic et tic, etc.

   Le premier buveur d'eau claire
   Qui tira des sons d'un verre ,
   Contre Bacchus forniqua ;
   Et pour moi , qui ne m'éveille
   Qu'aux glouglous de la bouteille ,
   Voici mon harmonica :
Et tic, et tic et tic, etc.

C'est à tort que de sa lyre
Orphée exerça l'empire
Pour séduire Lucifer ;
Ce seul bruit, rempli de charmes,
Eût attendri jusqu'aux larmes
Tous les diables de l'enfer.
Et tic, et tic et tic, etc.

D'une syrène à la mode
Qu'on admire la m éthod
L'art et le goût infinis :
De deux verres en cadence
L'admirable discordance
Vaut trente Catalanis :
Et tic, et tic et tic, etc.

Du Très-Haut les saints ministres,
Avec leurs cloches sinistres,
Effarouchent les mortels ; .
Mais si l'heure des prières
S'annonçait au bruit des verres,
Quelle affluence aux autels !
Et tic, et tic et tic, etc.

Combien je t'aime, ô fougère !
Lorsque, discrète et légère,
Tu sers de trône aux plaisirs,
Ou quand, fragile et sonore,

Par le jus qui te colore
Tu ranimes nos désirs !.
Et tic, et tic et tic, etc.

Au choc redoublé du verre,
Le vieillard au front sévère
Se déride, reverdit,
Et la belle qu'on adore
Paraît plus piquante encore
Quand avec elle on a dit :
Et tic, et tic et tic, etc.

La peste soit du bélitre
Qui le premier de la vitre
Fonda le maudit abus !
Il nous ôte par fenêtre,
Trente verres que peut être
Aujourd'hui nous aurions bus.
Et tic, et tic et tic, etc.

Vingt juifs, que le diable emporte !
Sont consignés à ma porte,
Peut-être à la vôtre aussi ;
Mais, morbleu ! je me résigne,
Et levérai la consigne
Dès qu'ils sonneront ainsi :
Et tic, et tic et tic, etc.

O vous poissons, volatiles,
Quadrupèdes et reptiles,
Combien vous devez pester !
Quand le hasard vous rassemble,
Vous avez beau boire ensemble,
Vous ne pouvez pas chanter :

Et tic, et tic et tic, etc.

Gloire au soldat intrépide
Qu'à l'honneur le tambour guide !
Mais je n'en suis point jaloux :
Rlantanplan répand l'alarme ;
Tic, tic, toc a plus de charme :
Or, mes amis, chantons tous :

Et tic, et tic et tic, et toc, et tic, et tic et toc ;
De ce bachique tintin
Vive le son argentin !
    } bis.

TABLE

Imprimerie de POULET, quai des Augustins, n°. 9.